IN CRESCENDO

amy weiss

IN CRESCENDO

VERGARA

In crescendo

Título original: *Crescendo*

Primera edición: mayo, 2019

Publicado originalmente en 2016 por Hay House Inc. USA

D. R. © 2017, Amy Weiss

D. R. © 2019, derechos de edición mundiales en lengua castellana:
Penguin Random House Grupo Editorial, S. A. de C. V.
Blvd. Miguel de Cervantes Saavedra núm. 301, 1er piso,
colonia Granada, delegación Miguel Hidalgo, C. P. 11520,
Ciudad de México

www.megustaleer.mx

D. R. © 2019, Wendolín Perla, por la traducción

ISBN: 978-607-317-961-4

Impreso en México – *Printed in Mexico*

El papel utilizado para la impresión de este libro ha sido fabricado a partir de madera procedente
de bosques y plantaciones gestionadas con los más altos estándares ambientales, garantizando
una explotación de los recursos sostenible con el medio ambiente y beneficiosa para las personas.

Penguin
Random House
Grupo Editorial

La muerte es sólo una experiencia que tiene por objeto enseñarte una gran lección: que no puedes morir.

PARAMAHANSA YOGANANDA

Érase una vez...

érase fuera de toda vez...

dos almas plateadas en la orilla de un místico lago deciden quiénes serán.

—¿Cómo habremos de amarnos la próxima vez? —dice la primera—. ¿Como hermanos, amantes, vecinos? Seamos viejos amigos o antiguos amantes. O tú podrías ser un lobo, y yo la luz de la luna que lo incita a cantar.

—Quisiera ser tu esposo una vez más —contesta la segunda, pues es aquí donde los matrimonios se conciertan, propuestos por las almas mucho antes de que los cuerpos se conozcan.

—Entonces, seré mujer y seré tu esposa —dice la primera—. O seré un roble, o un ave, o el aria que el ave canta.

El alma del esposo ríe.

—¿Por qué no serlos todos?

—Encenderé una vela por ti, para que así veas a través de la oscuridad —dice el alma de mujer.

—Yo haré lo mismo —responde el esposo.

—Podría tener un hijo —sugiere la mujer.

—Aprenderías mucho de ello.

—Podría perder un hijo.

—De eso también aprenderías mucho.

Una tercera alma los escucha y se inmiscuye. Envuelve con adoración sus alas alrededor de aquella que será su madre para nunca más abandonarla.

Un alma vivaz pasa corriendo, fluida y veloz. Será un caballo, pues su espíritu desea moverse. Y se lisiará, pues su espíritu desea moverse rápido.

Los cuatro se encuentran en perfecta armonía.

—¿Cómo te suena esto? —pregunta el esposo a la mujer.

Ella contempla a su devoto marido, al bebé que concebirán, a la yegua que pondrá todo en movimiento.

—Como un hermoso cuarteto —dice ella, a sabiendas de que, en cualquier momento, cualquiera de ellos puede cambiar el arreglo o componer algo nuevo.

La mujer mira la profundidad de las aguas del lago y escucha la melodía de su cuerpo que toma forma. Su vida estará llena de tensión, pues así crece el roble. Su vida estará llena de lecciones, pues así crece el alma. Su vida estará llena de amor, pues es así que crecemos todos. Y su vida, como todas nuestras vidas, estará llena de magia, pues en verdad, ¿qué es más mágico que la vida?

Con el tiempo, perderemos esos recuerdos, cuando el agua los arrastre. Si tan sólo hubiera algo que nos recordara la melodía que hemos venido a interpretar...

LECCIÓN 1

Preludio

HACER MÚSICA ES UN ARTE. ESTE LIBRO TE GUIARÁ EN EL *proceso.*

Repasaremos 16 conceptos básicos de teoría, técnica y forma con una variedad de ejercicios y composiciones originales. Cuando domines una, podrás pasar a la siguiente. O puedes decidir quedarte un poco más en la que te encuentres.

Repasa cada sección y practica cada pieza con tanta frecuencia como sea necesario, hasta dominarla lo suficiente. Algunas habilidades se adquieren en cuestión de instantes, mientras que otras pueden requerir más tiempo. Avanza a un paso cómodo. No hay un calendario definido para completar este curso.

Transcribe las piezas para adaptarlas a tu instrumento particular y deja de lado cualquiera que resulte disonante.

Comencemos.

La mujer sacude el polvo de la partitura que espera a ser interpretada. Los pentagramas son delgados, dibujados a mano, como lo son también las notas que los atraviesan.

Ella les da una existencia tentativa con un tarareo; sus dedos rasgan el aire. Ella, que necesitará su arpa para convertirlas en música, alcanza a oír ya la riqueza de su sonido.

La yegua está a su lado, paseando un cubo de azúcar en el hocico y mirando a la mujer con curiosidad. La mujer también tiene curiosidad. ¿Qué es ese pequeño libro escondido en el heno? ¿Cuántas veces se había hincado para curar la pata herida del animal sin haberlo visto? Le hace estas preguntas a la yegua, quien sin duda ha visto a alguien leyendo dentro de su caballeriza, pero sus ojos no conceden nada.

Una melodía se abre camino hasta ella. No proviene del libro, sino de su esposo. Parece hecha de luz; dicho esto, él también parece hecho de luz, sentado sobre un fardo de heno bajo el sol, rasgando su guitarra, haciendo vibrar sus cuerdas con canciones doradas.

Ella camina hacia él y se sienta a sus pies. La guitarra reposa sobre una de sus rodillas; la cabeza de ella sobre la otra.

—¿Es tuyo? —pregunta ella mientras le muestra el libro—. Lo encontré en la caballeriza.

Él mira la portada —*Lecciones musicales*, autor anónimo—, abre el libro y toca con los dedos la pieza que se muestra frente a él.

—No, pajarita. Nunca lo había visto —contesta.

Y ella tampoco; sin embargo, al cerrar los ojos y escucharlo tocar, tiene la extraña sensación de que quizá es mentira. La melodía se torna entonces lúgubre y poco familiar, la escala se convierte en menor —como si un pesar así pudiera ser considerado algo menor—, y la sensación se desvanece junto con la canción. El esposo ha asentado el libro en el suelo. Sus brazos, antes llenos de guitarra, están llenos sólo de ella.

—Eso es demasiado triste —dice él—. Mejor cántame una canción de amor.

Como si todas las palabras que salen de sus labios no fueran una canción de amor. Como si no hubiera una canción de amor en la forma en que lo mira, en sus manos que le rizan el cabello, en el roce de sus mejillas. Una canción de amor que ha comenzado a formarse en su vientre y que, con el tiempo, crecerá en su interior. Como si, cada vez que él la mira, no solfeara la música en su rostro. Así es como se comunican: en ese idioma de silencio y sonido. En las tardes tocan juntos en el granero, donde el arpa habla de las cosas calladas y desnudas que se esconden en su corazón, y la guitarra revela secretos que él no sabía que guardaba. Hablan hasta bien entrada la noche; sus conversaciones se convierten en canciones de cuna que llevan a la yegua, dormida cerca de ellos, a tener sueños cargados de deseos, de sementales y de Dios.

La intensidad de la voz del esposo, de su mirada, del hijo que lleva adentro basta para que su alma se salga un poco de su cuerpo, donde también está él, esperándola. El amor puede tener esa fuerza; casi demasiada como para que el cuerpo lo contenga, aunque en esa presión resida un gran placer.

—Cántame una canción de amor —dice él de nuevo, acercándose para besarla, su cabeza cerca de la de su hijo, y la mujer tiene que reír, pues canciones de amor son las únicas que conoce.

***

Ella cree que no puede contener más alegría, y entonces el esposo le coloca lirios en las manos y una violeta en la sien. Las flores silvestres crecen en los pastizales que colindan con la casa. Para su boda, ella se había trenzado a sus ancestros en el cabello. Ese día, ambos se conjugaron en uno solo: él ahora era ella, ella ahora era él, un plural que de alguna manera era un singular también. Un acertijo embriagador.

Ella entra a la cocina de la casa, se dirige al lavabo para conseguir agua y saciar la sed del lirio. Él se le acerca por la espalda. Le pone los brazos alrededor de la cintura y el aliento sobre la nuca. Al darse vuelta para besarlo, hay una repentina descarga, una chispa que deviene fuego y, luego, nada en absoluto. Todo está oscuro y quieto. La mujer se pregunta si acaba de morir y la causa fue una explosión de júbilo, de beso. Pero no, ella está llena; es su casa la que ha muerto, las luces se han extinguido, el zumbido de la electricidad se ha callado. El calor del verano ya no se mueve con la voluntad de quien así lo desea; flota entonces, sólido y rancio, en el espacio entre donde empieza el cuerpo del niño y termina el del esposo.

Sin lámparas que la mantengan a raya, la noche se cierne sobre ellos. Se apodera de su casa, de su vista. Está en todas partes.

También lo está el esposo. La mujer no puede ver más allá de su propio rostro, pero alcanza a sentir el de él. Sus manos buscan en la oscuridad y lo encuentran en toda dirección a su alrededor. Cercanía: es la promesa del amor, su poder.

La violeta cae de su oreja. Nadie lo ve, salvo el hijo, quien mira desde una dimensión propia, igualmente oscura, y escucha la música de las sombras que se deslizan por las ventanas y se extienden por la habitación.

***

El relincho de la yegua viaja por el aire inmóvil.

—Su pata —dice la mujer.

—Ve —le dice el esposo—. Te alcanzaré en unos minutos. Primero revisaré los fusibles.

Hay urgencia; ella debe atender a la yegua, y él, la casa. Sin embargo, ninguno se mueve; eligen permanecer ahí, un segundo más, suspendidos en el silencio. La mujer reposa la cabeza en la de su esposo y escucha, sin querer, el latir de su corazón. El sonido debería ser reconfortante, con su ritmo preciso y perfecto, su reafirmación de vida. ¿No es eso lo que dicen que su hijo debe pensar del suyo? Pero eso sería confundir un metrónomo con música. Para la mujer no es consuelo; es un lento y continuo avance hacia la muerte, un ineludible recordatorio de que todo aquello que tiene vida e impulso habrá de perderlos algún día. Se lleva la mano al vientre para combatir el pensamiento, para reafirmarse que su familia está comenzando y no acercándose al final.

Tras separarse de él, se estira hacia el mostrador y abre el cajón que está por debajo; busca las velas y los cerillos ahí guardados. Aunque fue difícil encontrarla en la oscuridad, logra por fin hallar una flama. Las facciones de su esposo se materializan. Qué etéreo, qué bello se ve, envuelto en llamas. Queda sorprendida: ese pequeño y suave brillo en los ojos del hombre, en el pecho de la mujer.

Con un último beso, se dirige al ático: la vela ilumina su camino. Ella se queda rezagada, encendiendo el resto de los cirios y colocándolos en la habitación. No toma uno para sí misma. Puede seguir a las luciérnagas, a las estrellas, al faro que es el llanto de la yegua.

Y ahí está de nuevo, más afligida que antes. El ruido la hace cruzar la cocina a toda prisa para llegar al granero, y las puertas dobles se azotan después de cruzarlas. De reojo ve un destello de luz. Se dice para sus adentros que no es nada, que es una luciérnaga. No es una luciérnaga. Es la luz del fuego ardiente.

Un cortocircuito. Una sobrecarga eléctrica, un interruptor defectuoso. Terminará por señalarlos a cualquiera de ellos, a todos ellos, como responsables, pero la culpa no es de ellos. Recae en sí misma.

La fuerza de la puerta que se azota no es tanta como la fuerza del amor. No puede empujar al alma fuera del cuerpo. Puede, sin embargo, empujar una vela. La flama le da una mordida al mantel, lo encuentra delicioso y devora el resto. Su apetito es insensato, indiscriminado. La mesa, las cortinas, la casa, el esposo: todo cae en sus fauces.

La mujer no está al tanto de ello, pues para cuando el fuego mordisquea y lame los cables que él intenta revivir, ella está dentro del granero. Para cuando la casa cobra una nueva vida, crujiendo con toda la energía que hacía unos segundos no tenía, ella está acuclillada en la caballeriza de la yegua. Para cuando su mano encuentra la pata del animal y teje las piezas para unirlas de nuevo, las patas de su casa se astillan y fragmentan. Dejan entonces de soportar el peso y, con un terrible estruendo que la hace correr hacia afuera, colapsan. Ella no lo sabe —aunque no tardará en averiguarlo y nunca podrá no dejar de saberlo—, pero lo que oye, junto con la muerte de su casa, es la muerte de su esposo. El sonido de él incendiándose, desplegándose, transformándose. Ella tan sólo ve humo; no nota el sinuoso vaho de un espíritu que se eleva por encima del humo.

Las luciérnagas y las estrellas están ahí para guiar su paso también.

En un instante, ella también abandona su cuerpo. Al menos eso es lo que siente mientras corre hacia la otrora casa, hacia su otrora esposo, quien ya va de camino hacia el cielo veraniego. Si ella siguiera dentro de su cuerpo, sin duda sería capaz de sentir sus propias piernas, que parecen tan débiles y frágiles como las de la yegua. Cada vez que intenta correr, ceden, y pronto no puede moverse del pasto en absoluto. Se le ocurre que eso es lo que sucede en sus pesadillas. Peso, pesa... hasta las palabras le fallan ya.

—Es todo lo que es —se dice—, una pesadilla.

No puede ser real. Despertará en cualquier momento y descubrirá que lo que había pensado que era un apagón en la casa fue sólo su descenso al sueño. Cuando el dolor de un sueño se vuelve excesivo, los ojos se abren, la sangre se inunda de electricidad y el alivio llega. Pero no hay electricidad, y el problema no es que sus ojos no se abran, sino que ya están abiertos y están viendo.

Ella abandona su cuerpo un instante. El esposo deja el suyo para siempre. No son los únicos.

Los huesos de los bebés están hechos para resistir la presión del amor, no el dolor de la vida. Para ello, necesitan tiempo para crecer. La desdicha de la madre deforma su pequeño cuerpo. Las lágrimas de la madre los cercenan con bocas desesperanzadas. ¿Qué malformación de nacimiento podría ser más dañina que la tristeza? No hay que culpar al niño; la casa se ha ido, su padre se ha ido, y es probable que su madre se haya ido también. Extingue la llama de su vida, no con una suave brizna como la de su padre, sino con un brote rojo que hierve sobre el pasto, más profundo y oscuro que el fuego, e igual de ardiente.

¿Es el humo lo que hace que la mujer pierda la conciencia? ¿O la impresión? ¿O la destrucción absoluta de su mundo? Sea cual sea la causa, ella no recuerda lo que sucede después. Le parece que el pasto la sostiene en sus brazos durante cientos de años.

LECCIÓN 2

Canto fúnebre

LA MUJER ABRE LOS OJOS PARA ENCONTRARSE CON UN amanecer sobrio y templado, como si la noche pagara penitencia por haberse incendiado. ¡Qué vergonzosa muestra de glotonería! Y con qué consecuencias: la casa destrozada, el pasto quemado hasta las cenizas. Pero el pasto se alimenta del fuego. No ha sido destruido; crecerá de nuevo con fuerzas renovadas. Y lo mismo le ocurrirá al esposo.

Por un momento —un instante celestial—, ella no recuerda lo que sucedió. Pero entonces vuelve el recuerdo y la memoria es implacable. Su esposo se ha ido y, sin embargo, está ahí, se apodera de cada pensamiento y no deja lugar a otra cosa que no sea él. ¿Cómo podría salirse de su mente si el olor a humo no abandona su piel, si la presencia misma de su propio cuerpo le recuerda la ausencia del de él?

Una cosa es perder el amor, otra es perder la posibilidad del amor. En cuestión de horas, todos sus yos le han sido arrebatados. Ella ya no es esposa, ya no es madre, ya no es amante. ¿Qué queda de ella entonces? ¿Tan sólo su alma? Aunque su alma parece haber escapado también, volado a algún lugar al que ella no tiene acceso. Eso es lo que provoca el duelo:

nos roba el aliento y nos vuelve tan fríos e inertes como la persona a quien lloramos.

La tierra debajo está empapada con sus lágrimas.

—Muy bien —se dice—. Me quedaré aquí y me ahogaré con ellas.

A pesar de que ansía dejar de existir, un ser tan pequeño como una hormiga que está enterrado en las profundidades remotas pero vitales de su cerebro le exige ponerse de pie. La mujer nunca antes había conocido a ese ente, a esa criatura irritante que quiere, por encima de todo, sobrevivir. ¿Cómo puede algo tan pequeño y lejano subyugarla? ¿Cómo puede siquiera ser parte de ella?

Podrá ser pequeño, pero su fuerza contrasta con su tamaño. La obliga a ponerse de pie y a despedirse de su hijo, quien yace amorfo en el suelo y nunca será cargado de nuevo. La hace alejarse.

Sólo le queda un lugar a dónde ir.

La yegua, al escuchar el familiar chirrido de la puerta del granero, comienza a caminar en círculos en su caballeriza. Se había guardado el llanto, consciente de la ordalía de fuego que ocurría afuera, de la metamorfosis del esposo y de la esposa. La yegua lo sabe porque los animales saben este tipo de cosas. No se ciegan a la intuición como lo hacen las personas.

Cuando la ve, sin embargo, rompe en llanto. "También perdí a mi familia", dice sin palabras, pues los caballos no se comunican con palabras, sino con imágenes. Las que aparecen ahora son al principio doradas y gloriosas, y se desvanecen en negro. "Perdí a tu esposo", le dicen, "y perdí los días en que tus hijos montarían sobre mi lomo por el huerto y me darían manzanas, y yo les daría el viento". Pero la mujer está negada a las visiones y, aún más, a la compasión.

Un animal herido reaccionará con ira, una ira nacida del miedo: el perro lastimado muerde la mano tendida para auxiliarlo. Y así, dos animales heridos se enfrentan en el granero. Una propina los golpes; la otra los acepta.

—De no haber sido por ti —dice la mujer—, habría estado dentro de la casa. Habría apagado el fuego y mi mundo habría seguido girando. Mi hijo habría crecido fuerte y sano, y mi esposo habría envejecido, y mi casa habría vivido más que todos nosotros. Si no lo hubiera podido hacer, habría dado igual. Al menos habría muerto con ellos y aún estaríamos juntos. Me has quitado todo lo que amo.

Ella siente ira. La ira es miedo. Su culpa es amplia; se posará sobre cualquiera que vea. Esa culpa también es miedo.

La yegua baja la cabeza; le ofrece una disculpa al suelo. No necesita mirar a la mujer para ver que la nube dentro de ella se espesa con arrepentimiento y cómo cada acusación que lanza sale del cuerpo humano como un arrebato y entra en el equino. La yegua le permite entrar porque la yegua la ama. Sabe, como saben los animales, que la furia es tan sólo un intento por deshacerse de la nube, y que ambas son igualmente insustanciales, y que ambas nublan la vista. Además, lo que dice es verdad. ¿No fueron sus quejas las que la separaron de forma irremediable de su marido? "¿Cómo pude ser tan egoísta?", se pregunta, y la nube rodea su pata.

—Vamos —dice la mujer, aunque no tiene idea de a dónde. Ella ya no puede quedarse donde está.

La yegua duda, dada su discapacidad y el conocimiento que la mujer aún no comparte de que una vez que dejen el granero nunca habrán de volver. Sin embargo, la sigue. Está dispuesta a renguear, a exiliarse, como penitencia.

Primero se detiene en el sitio en que, el día anterior, la mujer comenzó sin saberlo su primera lección.

—No —dice ella. La música está perdida. Se ha ido con él. La yegua se mantiene firme—. No —repite ella, más como una súplica que como una declaración.

Pero la yegua sabe lo que tiene que ocurrir y no le da otra opción: se quedarán ahí o seguirán adelante. Es decisión de la mujer.

A regañadientes, se aproxima al arpa. Su cuerpo está tallado en madera. Eso es lo que se supone que el fuego debe comer, un alimento más adecuado y más satisfactorio que un hombre.

—¿Por qué no pudiste ser tú quien se quemó? —pregunta y, mientras lo hace, un fragmento de su nube se aferra al instrumento, aunque de manera temporal. Las cuerdas la transmutarán. Ésa es la alquimia de la música: tomar el dolor, esa cosa pesada y anclada al suelo, y darle alas; tomarlo y convertirlo en aves para soltarlas a los cielos.

Habría abandonado el arpa para siempre a cambio de su esposo; habría sacrificado ese amor por otro, habría renunciado a todas sus notas por una sola nota de la voz de su esposo. Sus manos están sobre el cuello del arpa. Podría estrangularla. En cambio, para su sorpresa, las manos la acarician con tanto cariño, como le había mostrado siempre. El amor puede ser así de inconsciente y automático, incluso en la oscuridad.

Luego está el libro, recostado en el suelo donde su esposo lo colocó. Y pensar que él había intentado cerrar las páginas del sonido del dolor, y ahora era lo único que ella tenía.

Lo toma y lee.

El canto fúnebre es una canción de duelo, una remembranza de los muertos. Se le conoce también como dirge, *que deriva de latín* dirigire, *o guiar.*

Aprende bien esta pieza, pues es el cimiento sobre el cual se construirán todas las futuras lecciones.

Practícala ahora.

Cierra el libro de golpe. ¡Qué estupidez! La muerte es muda, no tiene sabiduría ni imparte conocimiento. Invocar una canción desde sus profundidades… eso es magia, no música. Se siente tentada a devolver el libro al heno, para esconderlo de alguien más o de sí misma.

La criatura como hormiga tiene una mejor idea. Toma control de sus manos y coloca el libro junto al arpa en el estuche del instrumento; se lleva el estuche al hombro.

Al fin, la yegua se mueve. Es turno de la mujer. Le da un último vistazo a la vida que alguna vez tuvo y se mueve en dirección opuesta.

***

Él no está ahí.

Cada día, ella abre los ojos y enfrenta ese parco hecho. Alguna vez fue él quien la despertaba; ahora lo hace su ausencia.

El sueño es una fuerza contra la que ella hace colisión, una violencia, pero también un respiro. En las mañanas, el duelo está menos crudo, más blando; hay algo en la luz del sol que lo hace madurar.

La yegua y la mujer caminan costado a costado, con los meses a cuestas. La mujer siente como si se arrastrara, pues vive apenas por encima del suelo. El duelo ejerce su fuerza de gravedad, y la tristeza es una enorme mano que la empuja hacia abajo. La obliga a existir en dos dimensiones, aplana sus respiros y los convierte en suspiros. La mano es implacable. Una vez que te encuentra, te persigue de por vida.

El pasto de la campiña se estira hacia los árboles del bosque. El trigo amarillo se convierte en un musgo de un verde obsceno. El sol se enreda en el toldo de robles y olmos gigantes, cuyas ramas lo desmenuzan en delgados haces luminosos. El crepúsculo se infiltra y colorea el espacio restante.

La mujer hace camas con hojas de maple plateadas, donde duerme con el suave vientre de la yegua como almohada. La yegua busca en el piso moras caídas, aunque la mujer come poco, pues la pérdida en su interior no deja espacio para el hambre. La pérdida es su propio alimento. Elimina el gusto por la comida y se atraganta de sí misma.

La yegua se contrae por el dolor del movimiento; la mujer por el dolor de existir. Le ruega a los cardenales y a los estorninos que silencien su canción; no soporta su necia esperanza. Pero las aves continúan cantando, pues el canto del ave es insensible al dolor y es su remedio.

El otoño incendia el bosque, y el invierno se deshace de él. La mujer agradece la llegada de la temporada de hielo.

Ella entiende lo que es estar congelada.

Se detiene y yace sin moverse en el suelo del bosque, bajo los árboles, mientras la nieve y las semanas se acumulan a sus pies. Algunos días no puede ver más que a través de ojos vacíos. Algunos días, el estupor desaparece y ella se convierte en lo opuesto, algo demasiado vivo. Se congela o sangra, hielo o fuego, pero ninguno lleva a la supervivencia.

Algunos días se pregunta si el fin ha llegado. No es por temor. Es un anhelo.

***

Estar sola es perder el lenguaje, pues no queda nadie a quien pueda decirle sus pensamientos. Los pensamientos crecen sin control en la mente, sin alguien que los escuche; crecen con espinas. La mujer escucha el crujir de las hojas, pero le hablan al viento, no a ella. Las palabras sin oídos terminarán por secarse y no producir sonido. Si tan sólo sus recuerdos hicieran lo mismo.

Estar sola es ser una mariposa con un agujero en un ala; cada brisa que la atraviesa es un recordatorio de que la parte hermosa del cuerpo, aquella que permite volar, no está. Es dejar expuesto aquello que está roto adentro de ti, la herida donde alguna vez hubo un ala.

Estar sola es ser abisal, yacer leguas bajo el mar donde ni siquiera el sol puede llegar, donde lo único que existe es el naufragio, donde todo lo que te rodea son huesos viejos y otras tristezas hundidas.

Estar sola es estar muerta mientras estás viva.

***

La primavera llega como un insulto. El bosque entero se vuelve fértil. La vida supura en el lodo, granza y gruñe y croa; se multiplica caprichosa. La mujer no puede escapar de esta burla de madres y novias. Por dondequiera que mire, ve entereza: los riachuelos henchidos de lluvia, la luna con luz robada. Mientras tanto, ella está llena de nada.

Incluso el gusano en la tierra, que apenas logra existir, puede dar a luz y dar amor. ¿Quién se lo permite al gusano y se lo niega a la mujer? ¿Cómo es que esta humilde criatura puede perpetuarse una y otra vez, mientras que ella, la mujer, no puede hacerlo ni una sola? El gusano tiene cinco corazones; si perdiese a su hijo, sobreviviría. La mujer no tiene corazones de sobra.

Contempla esta profusión de la naturaleza, el inefable humor de Dios para uncir abejas como reinas y orugas como monarcas, y al mismo tiempo, reducir humanos a cenizas y bebés a sangre. Diseñar un mundo así. Obligarnos a vivir en él.

Alcanza a ver dentro de los animales la emoción de la creación que alguna vez vivió también dentro de ella, pero luego se hizo humo. Es capaz de verla porque ha sido reducida a un animal, al instinto, y su único instinto es el miedo, trepar el árbol más alto y esconderse de todo. Al mismo tiempo, ser animal significa estar animada, poseer la forma más primitiva de vida, y ella está segura de que, a lo que sea que tenga adentro, donde solía estar su alma, no se le puede llamar vida de verdad.

La primavera se convierte en verano; el gusano se convierte en abuela. La mujer y la yegua avanzan con pena; por cuánto más, ella no lo sabe. El sufrimiento hace el tiempo elástico, convierte las horas en siglos, hace de cada noche una repetición recurrente de aquella noche.

Un día, el sol desaparece. Ella no nota su ausencia; su mundo carece de calor desde hace tiempo. La yegua levanta la mirada, se detiene en seco y provoca que la mujer, para variar, quite los ojos del suelo. Frente a ellas hay una enorme caverna que borra todo el cielo y cualquier posibilidad de avanzar por el bosque. Aun así, ella decide entrar. La caverna puede ser oscura y rancia, pero también lo es la vida afuera. Y ella está cansada de moverse sin ir a ningún lugar, de vagar por el desolado paisaje de la pérdida.

¡No tan rápido! Un sabueso se lanza hacia afuera de la caverna. Tiene ojos sanguinolentos, pues no conoce el reposo, sólo la vigilancia. Una serpiente se esconde en su enmarañado pelaje. La mujer le indica a la yegua que se coloque detrás suyo, aunque la yegua no necesita de tal instrucción.

El sabueso se lanza hacia ellas. Sus mandíbulas se ensanchan. La yegua grita. "Muy bien, será muerte por perro", piensa la mujer. Pero llega entonces esa infernal criatura hormiguesca buscando el arpa, sacándola de su estuche, punteando una de las cuerdas.

La mujer está anonadada. Más aterradora que la posibilidad de ser mutilada es la posibilidad de música. No ha tocado el instrumento desde que murió su esposo. ¿Recuerda cómo tocar después de tanto tiempo? ¿Se puede siquiera tocar sin tener alma? ¿Qué clase de sonidos produciría aquello?

No desea intentarlo ahora… ni nunca. Pero el sonido ha detenido la mordida del sabueso, y el impulso por mantenerse intacta suplanta al impulso por mantenerse en silencio. Como el sabueso, la música tiene dientes, agujas que se clavan bajo la piel. Contrario al sabueso, sus agujas zurcen tanto como punzan. Perforan y abren; no para lastimar, sino para curar.

Primero expele una marejada de notas, notas aleatorias. El sabueso retrocede. Una tonada emerge. Está oxidada, pues no ha producido música en un tiempo y las voces de la mujer y del arpa están roncas por el desuso. Aun así, no hay manera de olvidar la lengua materna, una que es más básica que las palabras y más honesta.

Toca de memoria; deja que los acordes quebrados se filtren en el bosque y en la canción. La criatura que es como una hormiga dirige un concierto poderoso y frenético, y con cada compás declara lo opuesto a lo que la mujer siente: "Quiero vivir". Sus manos se mueven sin consultar a su mente y vuelan de una nota a la siguiente. Comienzan a brillar con luz blanca. Las cuerdas sobre las que se posan están hechas de seda, pero también están hechas de luz.

Sin detenerse, se recarga contra un roble, sin saber que éste la está escuchando. A pesar de que el roble es de tipo fuerte y estoico, lo conmueven la mujer y la gentileza con que mece el arpa. Está hipnotizado por el extraño encantamiento que las manos humanas conjuran sobre la madera: transforma el árbol en una melodía, lo hace cantar. Anhela sentir los dedos de la mujer rozar su cuerpo, escuchar el sonido que extraerían de su silencio arbóreo. De sus ramas caen hojas, revolotean alrededor de la mujer, la rodean en un mar de deseo. Los cardenales y estorninos postrados en sus huecos inclinan la cabeza y observan. Nunca habían visto al roble llorar. ¿Quién ha visto a su casa derramar lágrimas? Sus canciones están hechas también de luz, una luz distinta, dorada, que estalla desde sus pequeños cuerpos de ave cuando ya no pueden contener más su poder; y sin embargo, no conocen la pena. Tan sólo la paloma que está de luto conoce su triste estribillo.

Las rocas debajo del árbol escuchan. El sonido flota a su alrededor hasta que ceden y se suavizan. Pieza por pieza, sus fronteras se funden, y pronto no son roca, sino el simple recuerdo de algo sólido. La desintegración no es angustiante; es un alivio. A la mujer le sentaría bien seguir su ejemplo. La desesperanza la endurece, la oscurece, la hace arder y no brillar. El fuego y la presión deben transformar el carbón en diamantes; no un diamante en carbón.

La yegua escucha. Sólo ha escuchado a la mujer tocar canciones de amor, no de pérdida. En efecto, apenas comienza a aprender sobre lo que es perder. Las imágenes parpadean frente a sus ojos con sus brumosos tonos sepia: el jirón de un hombre que se arremolina en el cielo; el toque del hocico de una madre sobre sus patas, animándolas a moverse. "¿Mi madre?". La yegua ansía algo que no había siquiera recordado y se pregunta a dónde habrá ido.

El sabueso escucha, más o menos. Obvia el sentimiento en la canción y va directo al dolor. Sabe de dolor. Se alimenta de él. La interpretación lo pone a dormir, y sueña con sangre y muerte y otras cosas rojas.

La serpiente enroscada en el pelaje del sabueso escucha. El dolor de la mujer, la dulzura de las cuerdas y la armonía que surge cuando ambas se mezclan forman una punzada tan fuerte que empuja a la serpiente fuera de su cuerpo. El arte es como el amor en ese sentido, o tal vez el arte es amor. La serpiente no ha muerto, por supuesto. Tan sólo ha abandonado su cuerpo para crecer, así como lo hizo el esposo.

¿Escucha la mujer? El cuerpo del arpa recorre el suyo, el hombro de una apoyado sobre el hombro de la otra. La caja de resonancia se encuentra en el mismo lugar en que alguna vez estuvo su hijo. No es una coincidencia. La música entra en esa casa abandonada, la reconstruye, la hace habitable de nuevo. Se muda a la parte más profunda de ella, más allá de sus huesos y de su alma. Sí, su alma sigue ahí. Los momentos sin esperanza no son en los que ésta vuela, sino cuando se asienta.

Dirge. No necesitaba, a final de cuentas, que el libro le enseñara al respecto, y tampoco podía negarse a aprenderlo. Los afligidos lo conocen de forma íntima, instintiva. Se convierte en su repertorio entero; son virtuosos en contra de su voluntad.

Su música se toma un descanso. Lo hace también, por un momento, su miseria. Los miembros del público se reconstituyen en silencio, se ocupan de los sitios en que la canción los ha herido. Incluso el sabueso se echa bocarriba y exige que lo acaricien. Esta vez, la mujer no necesita sentirse incitada a llevar el arpa consigo. Coloca la mano sobre la cruz de la yegua para guiarla y ambas pasan por encima del inofensivo cachorro. Las telarañas, debilitadas por las lágrimas de las arañas, se desintegran en sus dedos, y ella y la yegua entran a la caverna. Juntas navegan sus pasajes sin iluminación, tentando las paredes al avanzar, sin idea de lo que se halla frente a ellas. Desde las tinieblas surge una voz que corta el frío aire.

—Aquí estás. Entra.

LECCIÓN 3

Lamento

LAS DOS FIGURAS FRENTE A ELLAS NO DICEN MÁS. SUS enormes cuerpos están en el relieve de la caverna y la oscuridad, sombra y roca. Están hechas completamente de piedra: las espinas que las mantienen erguidas son una columna de rocas, los planos de sus caras son escarpados peñascos. Hileras de viudas negras les envuelven las gargantas, como collares vivos y letales.

La yegua recula hasta el hostil abrazo de las estalactitas que hunden sus huesudos dedos en sus flancos. Sus ojos le ruegan a la mujer replegarse al bosque, pero la entrada a la caverna ha quedado sellada y nada puede pasar por ella, ni siquiera la luz, ni siquiera la vida. Resulta que no es tan complicado encontrarse con el inframundo. Lo único que una debe hacer es seguir las migajas que la desolación deja tras de sí.

"¿Estamos muertas?", le dice la mujer a la yegua sin hablar. Un destello de esperanza se enciende en su pecho. La criatura hormiga lo pisotea con frustración y lo apaga.

—¿Están aquí? —pregunta ella. Nadie responde. Pero, ¿dónde más estarían su esposo e hijo? Ella se acerca más a los dos enormes monolitos, el rey y la reina de piedra, y besa las pendientes de sus pies. Esto es todo lo que ella ha anhelado—. Se los ruego, ¿están aquí? —llora, lanzándose a los montañosos pies de la reina con desesperación, con gratitud—. Permítanme verlos. Devuélvanmelos. Permítanos partir juntos.

Las rocas son frías, implacables. La erosión es producto de los años, no de las lágrimas. ¿Qué podría ser más reacio e inflexible, qué podría ser más duro e impenetrable que la roca? Tan sólo la muerte. La mujer no recibe lo que desea, pues la muerte no concede, sólo se lleva. Y ahora que no hay aire ni salida, se la llevará a ella también.

—Lo siento tanto —le dice a la yegua—. No era mi intención traerte conmigo.

La yegua responde: "Te seguiría a cualquier lugar". Aunque los caballos hablan con imágenes, también hablan el idioma del amor. Lo que queda sin enunciarse en cualquier lengua es el obsecuente saber que respira aire prestado.

¿Qué se hace mientras se espera la muerte? La pregunta es pertinente para todos nosotros, aunque tal vez de manera menos punzante. La mujer presiona el lomo de la yegua, instándola a recostarse, a relajarse. Se sienta junto a ella y recorre con la mano los contornos de su pata herida, sus tendones y músculos, sintiéndolos por última vez. En su tacto hay incontables disculpas. Le pertenecen a la yegua, por supuesto, pero también a ella misma, a una vida que se había encogido y atrofiado al punto en que ya no era viable. ¿Cómo había perdido tanto control sobre ella? Se imagina a sí misma como una recién nacida para quien el futuro suponía ser una carretera abierta extendiéndose hacia el horizonte, no una caverna de arrepentimiento. "Lo siento", le dice también. "Merecías mucho más".

El aire se aligera. La yegua cae en un sueño profundo y sueña con su madre. La criatura como una hormiga está entumecida. Está petrificada. No puede aceptar lo que se avecina, pero sabe que vendrá sin importar nada.

La mujer decide llenar sus últimos momentos con canciones. La música y el silencio tienen una conexión íntima, son más complementarios que opuestos. El silencio es el precursor; se aparea con el sonido y da a luz a la música. Esta vez es distinto. Primero vendrá la música. El silencio le seguirá.

Ella toma su arpa y el libro, aquel que su esposo tuvo alguna vez en sus manos. Es como tocarlo una vez más. Pronto lo hará.

CANCIÓN DE CUNA, CRESCENDO, CODA. Algunas de las piezas son demasiado complejas, demasiado extravagantes. Ella no tiene la habilidad aún para tocarlas, y supone ahora que nunca la tendrá. Pasa las páginas de las secciones anteriores y se detiene en LAMENTO.

Un lamento es una canción para los moribundos.

No hay otra instrucción. Ella no necesita otra instrucción. Todos a quienes ha amado están muriendo. Sin duda tiene la habilidad para tocar esa pieza.

Qué extraño tocar su propia canción funeraria, o tal vez sea menos extraño que triste. En todo caso, ¿qué otra opción tiene? No queda nadie para hacerlo por ella.

Alisa la página y comienza. Hay poca luz para leer, pero la chispa de sus dedos sobre las cuerdas y el tenue brillo sobre el cuerpo inmóvil de la yegua que comienza a morir son suficientes. Las canciones de la inconciencia no requieren mucha luz. No podrían permanecer inconscientes de otra forma.

Ni siquiera sabe qué es lo que pide hasta que la canción lo hace por ella. "Si no puedo tener tiempo con ellos, entonces que mi tiempo acabe. Si no puedo partir con ellos, no puedo partir. Te los llevaste a ambos. ¿Cómo pudiste olvidarte de mí?".

Sus manos barren el arpa y se convierten en la luz blanca que vuela hacia el rey y la reina. El pesar emprende el vuelo desde las cuerdas; es una paloma de duelo. La paloma vuela entre los compases y se posa sobre las notas, mostrándole su tonada a la mujer. Nunca se ha llorado a sí misma antes, aunque es una sencilla variación de la melodía, una derivación. Los acordes menores son el sonido del nacimiento de cuervos. La armonía es el sonido de uno volando por encima del otro. Rodean al rey y anidan en los riscos de su cuerpo.

La música se extiende hacia la reina y, con delicadeza, coloca un corazón en la caverna de su cuerpo. Luego, con manos ligeras como plumas, arranca el corazón. El corazón es removido una y otra vez, el corazón es restaurado. Eso es lo que hacen las canciones de tristeza.

La reina se maravilla con la sensación. Ella sabe algo que la mujer no: la muerte es tan sorda como una roca, no es más inteligente ni merece lágrimas. Sin embargo, la mujer sabe algo que la reina, encerrada en su caverna por toda la eternidad, desconoce: que la muerte no les ocurre a quienes se han ido, sino a quienes se quedan.

El nuevo corazón de la reina presenta una delgadísima fractura. El lamento se escabulle por ella y la extiende. Siempre había compadecido a esos efímeros humanos, condenados a vivir horas y no épocas, contar el paso del tiempo con biología y no geología. Ahora, uno de ellos se postra frente a ella y le ruega que su tiempo expire. La verdadera tragedia, comienza a comprender, no es nacer mortal; es amar a alguien nacido mortal. Pondera la rocosa envergadura del rey mientras se pregunta qué podrá significar el perder. A las montañas, a final de cuentas, rara vez se les llora.

Aunque su cara está vacía como un lienzo en blanco, algo dentro del rey comienza a moverse. Una piedrecita rueda por el precipicio de su mejilla y golpea el suelo. El suelo se desmorona. Él también. El impacto abre la tierra. Por esta razón hay que tratar con cautela las canciones de tristeza: pueden agitar cosas que están muy por debajo de la superficie.

El temblor resquebraja la entrada sellada a la caverna. Lo que alguna vez pareció ser indestructible no es ahora más que escombro. El aire entra en oleadas. La yegua lo devora voraz. La mujer se pone de pie y toma la crin de la yegua. Ésta es su última oportunidad; la apertura podría sellarse de nuevo en cualquier momento. Está anonadada con sus acciones. La criatura como hormiga debía haber despertado. O tal vez ella lo hizo.

Están a un paso del umbral de la caverna cuando la reina habla. Una avalancha de rocas y tierra sale disparada de su polvosa boca. Lo que dice hace que la mujer dé media vuelta y renuncie a la idea de partir. Lo que dice la estremece.

—El bebé era niña —es lo que dice.

***

La reina aclara los residuos de su garganta.

—Era del tamaño de un susurro.

—Una niña.

Eso hace que sea real; vuelve verdadero el lamento.

—No serías capaz de verla con los ojos que tienes.

—Una niña —repite la mujer, perdida ante el hallazgo de su hija.

—Tu esposo no necesitaba venir aquí tan pronto. Pudiste haber tenido muchos años más con él —añade el rey a sus espaldas, aún recuperándose del terremoto.

Las placas tectónicas del cuerpo de la mujer se deslizan, amenazan con combarse.

—¿Qué quiere decir? ¿No debía morir?

—Aún no.

—¿Por qué murió entonces?

La reina toma una araña de su cuello. La sostiene de los anchos montes de sus manos y la acerca a la mujer. De viuda a viuda, mujer y araña se observan mutuamente. La araña, al principio despacio, teje una telaraña sobre la mano estirada de la reina. Una telaraña correspondiente toma forma en la mente de la mujer. La araña teje las primeras hebras. La mujer se ve conociendo a su esposo, enamorándose. La red se extiende: contraen matrimonio, construyen su hogar. La araña está en un frenesí, teje furiosa, casi vuela por encima de la reina, conecta cada una de las sedosas piezas en una mortal telaraña final; de forma igualmente veloz, las partes del último día de su esposo se integran en la cabeza de la mujer.

Ella prende la vela. La yegua llama. Ella azota la puerta. La vela cae. Ella ignora el destello de la flama y va hacia el granero. La telaraña atrapa presas. El fuego atrapa al esposo. La casa se quema. El esposo se quema. La telaraña se asienta en su lugar. La telaraña se deshace. La telaraña cae de los ojos de la mujer.

Fue ella quien hizo la pregunta; es ella quien la responde ahora. Baja la cabeza, avergonzada; entiende que no es sólo una viuda: es una viuda negra. Les dice al rey y a la reina algo que ellos ya saben.

—Murió por mi culpa.

***

La mano de la tristeza había seguido a la mujer a través del bosque, jamás aligerando la presión sobre su espalda. Ahora, una segunda mano la acompaña, la mano de la culpa, y ambas entrelazan sus terribles dedos. Es difícil, casi imposible, soportar el peso del dolor; pero, ¿sumarle el peso de la culpa? El cuerpo humano no fue hecho para ello. Los huesos se fracturarán; el cerebro huirá.

—No —dice ella.

"No. No pudo haber ocurrido."

—Sí —el rey la corrige—. Tú provocaste el incendio.

Sus palabras son contundentes, y es dicha contundencia

lo que más la lastima. La vida debería ser moldeable, maleable. Debería permitirle borrar sus huellas de la superficie y comenzar de nuevo. Pero la vida no es arcilla. Es sólida como una piedra, tallada en mármol.

—Las quemaduras fueron graves pero, aun así, lo que lo mató fue el humo. No podía respirar.

La mujer lo comprende. Ella tampoco puede respirar.

—No es cierto —dice con voz suplicante—. No puede ser cierto. ¿Qué he hecho? Por favor, por favor...

Pero la muerte permanece sentada y mira al frente con ojos vacíos, pétrea y silenciosa.

***

Por cada temblor hay una réplica. Sobrevivir a ambos es pedir demasiado.

"¿Y ahora?", le pregunta la mujer a la criatura como hormiga. "¿Cómo vivir con esta culpa? ¿Por qué habría de permitírseme hacerlo?". La criatura como hormiga no está segura de cómo responder. Es un problema, pues no tiene la respuesta. ¿Cómo podría tenerla?

No encuentra solución. Tal vez encuentre un hueco. Recorre su mente en busca de recuerdos, intentando escuchar la cuerda agria, aquella que, una vez afinada de nuevo, restauraría la armonía de su vida.

Recuerda la mañana del incendio. Esta vez imagina que ella y su esposo están lejos de la casa, en otro lugar, cualquier lugar. La muerte llama, pero no están en casa para abrir la puerta. La electricidad falla o quizá no; no hay nadie ahí para averiguarlo. Cuando vuelven al siguiente día, vuelven a una casa llena de luz del sol, y así él continúa con vida.

Recuerda la noche del incendio. En vez de ignorar la atracción de la vela y el mantel, se apura a separarlos, y así él continúa con su vida.

Recuerda la tarde en que se conocieron, una mirada que no reconoce, una sonrisa que no devuelve. Y así, él continúa con su vida.

Recuerda una tarde en la que limpiaba la caballeriza de la yegua y un gato de granja entró con un azulejo en el hocico. Gritó, pues amaba ver a las aves brincotear en el pasto, y ahí estaba un gato lanzando su suave cuerpo por los aires como si fuera una muñeca de trapo y no el sagrado contenedor de un alma. Sin importar lo que el gato le hiciera —lo levantara, lo lanzara, le desgarrara el pecho—, el azulejo miraba al frente, miraba a la nada. Sus ojos estaban bien abiertos y, sin embargo, estaban vacíos. Fue dicha combinación lo que perturbó a la mujer, lo que la volvió incapaz de desviar la mirada cuando desviar la mirada era lo único que quería hacer.

Los ojos. Los ojos no dejaban de verla. ¿Qué pedían?

Ahora lo sabe. No le pedían nada. La preparaban. Le mostraban cómo la muerte del azulejo —uno de los momentos más definitorios de su vida, sino es que el más definitorio— había estado circunscrito en la vida del gato antes de que cualquiera de los dos hubiese comenzado su existencia; cómo había estado inscrito en la historia de un macho felino que pasó junto a una gata atigrada en el urgente deseo, en el sexo, el alivio, el amor. En el gatito que había comenzado a gestarse en la madre, en el destino que había comenzado a gestarse en el pequeño gato. La muerte del azulejo la decidió un extraño antes de que su vida hubiera iniciado. Y entonces, en un día como cualquier otro anterior a aquél y, en última instancia, distinto a cualquier otro día anterior a aquél, su destino se estrelló con el gato ahora adulto. "No condenes al gato", le decía el azulejo. "Sólo obedece órdenes".

Esto es lo que le diría al azulejo: que el gato podría haberse alejado. El destino es el encuentro, no el asesinato. Y, contrario a la vida, sí es de arcilla.

Antes de conocer a su esposo, antes incluso de que hubiesen nacido, ella ya lo rodeaba como un gato. Se atraían el uno al otro, no como ella había creído, para iniciar una vida juntos, sino para terminarla. Pero probabilidad no es igual a inevitabilidad. Hubo incontables días, minutos, momentos en los que ella también pudo haber elegido alejarse. Si tan sólo pudiera extenderlos a su alrededor como un mar, detener su marea. Entonces, él seguiría con vida.

Si tan sólo pudiera tocar el tiempo, reinventarlo, revertirlo.

Si tan sólo nunca lo hubiera amado, entonces podría haberlo salvado.

Si tan sólo. Si tan sólo.

Es la canción más familiar en la vida humana. Todo el mundo la conoce de memoria.

***

El rey y la reina observan una mente que se desmorona y se hace polvo. Les es inconcebible que una criatura pueda ser tan frágil y endeble. Pero, ¿ellos qué saben? Nunca han tenido que aventurarse afuera de la caverna ni en los resquicios de la psique. No son ellos quienes deben batallar, como Sísifo, bajo el peso de las indignidades y atrocidades que se apilan. No han sentido las innumerables maneras en que la vida es más pesada que cualquier piedra, una carga más grande que cualquier roca.

Ambos se vuelven a colocar en sus tronos y voltean a verse. El proceso tarda eternidades, aunque al fin se encuentran cara a cara. Algo debe hacerse. No pueden seguir siendo testigos del desentrañamiento de un alma.

El rey habla por ambos.

—Tu esposo ha muerto. No podemos devolverlo a la vida, pero podemos devolvértelo a ti —dice—, si te vas y nos dejas en paz.

La mujer lo mira incrédula. ¿Podría ser que la muerte fuera menos sólida de lo que había creído?

—Lo haré —dice.

—Él te seguirá a cada paso y a dondequiera que vayas. Estará contigo siempre —el alivio es físico; se convierte en su respiración, en sus huesos—. Hay una condición —le informa.

Su corazón está en su garganta en lugar de su lamento.

—¿Sí?

—No puedes voltear a verlo.

—¿Por cuánto tiempo?

—El resto de tu vida.

—¿Y cómo lo veré? ¿Cómo lo tendré en mis brazos? ¿Cómo he de saber que está ahí?

Nadie contesta. La muerte plantea estas preguntas; no las responde.

Vacila. ¿Qué es exactamente lo que está aceptando? ¿Jamás ver su rostro, jamás sentir el cuerpo que amó tanto que un día, al tocarlo, un cuerpo nuevo cobró forma?

Pero no hay alternativa.

—Dénmelo —dice, y corre con la yegua hacia el exterior de la caverna, antes de que alguien pueda cambiar de opinión.

LECCIÓN 4

Compás

¿DÓNDE ESTÁ EL ESPOSO? DEBE ESTAR DETRÁS DE ELLA, aunque sus pasos sobre las hojas no producen sonido. ¿Volvió a su cuerpo quemado o nació en uno nuevo, un zorro de ojos dorados, una luna menguante, una melodía quizá? ¿Alguno de éstos será menos que él o más que antes? ¿O es un espíritu intangible e informe, una bruma y un misterio? Su retorno fue prometido. Su forma no.

Está con ella. Eso es lo que se le dijo. Está fuera de su vista, no de su vida. ¿Será que la muerte no tiene el poder para separar, sino sólo para oscurecer? ¿Será que el amor es invisible pero indivisible? Pero entonces también la pena desaparecería del panorama.

Sin embargo, él no puede ser visto, tocado o escuchado, sino sólo supuesto. Una persona sin un cuerpo es una creencia. ¿Cómo puede ella saber que él está ahí, que es real? ¿Puede ella amar a alguien a quien es incapaz de sentir, o eso es tan sólo amar su recuerdo? Como él, la fe y la confianza la siguen a la distancia, en algún lugar inaccesible. La duda se queda asida a su lado, una locuaz compañía que monopoliza la conversación como si tuviese miedo de lo que el silencio pudiera decir.

A veces ella se pregunta si él está ahí, y una sutil brisa recorre sus hombros como las manos de su esposo solían hacerlo. Los árboles que roza a su paso tienen un olor inexplicable a cilantro y clavo, como solía tenerlo la piel de su esposo. Otras veces se pregunta cómo es el espacio entre ellos, qué tan denso es, qué tan impenetrable la distancia: si es tan corta como el ancho de un cabello o tan vasta como una dimensión. Quiere preguntarle qué ha visto, pero teme que él responda con ojos de azulejo o, peor aún, ojos de fuego. El que ella no pueda darse vuelta para verlo es, por momentos, un poco de clemencia.

La yegua, tal vez el esposo y ella caminan durante meses, aunque el bosque a su alrededor se obstina en permanecer idéntico. Los maples no dejan de ser maples. ¡Si tan sólo se convirtieran en palmeras! Entonces la mujer sabría que avanzan hacia algún lugar que en efecto se mueve. Parece que han andado en círculos alrededor de los mismos árboles cientos de veces, y que así será el resto de su vida: un interminable ciclo de perder y estar perdida. Tal vez no es su esposo siguiéndola adondequiera que vaya, sino algo más incierto, como desorientación. Qué terriblemente absurdo haber lamentado una vida que casi se termina antes de tiempo para entonces darse cuenta de que ahora es demasiado larga, una caminata interminable a ningún lugar.

La yegua favorece la pata sana y cojea junto a la mujer. Sueña con ojos abiertos, con extremidades que vuelan. La mujer mira cómo crece su dolor y siente la impotencia de no poder contenerlo. La mujer decide que no queda otra opción. Deben detener este errar sin sentido. Darán vuelta y se dirigirán a donde alguna vez estuvo su casa. Podrá ser un cementerio, pero ella no es mucho más que un pequeño fantasma. Incluso la caverna sería preferible. Podría caer a los pies del rey y la reina, y pedirles que se la llevasen para siempre. Una reunión con su esposo sería entonces una garantía y no una fantasía. Sin piernas, sin cuerpos: es la única forma en que ella y la yegua podrán correr libres.

Por primera vez se mueve con dirección, con determinación, y al hacerlo, el paisaje comienza a transformarse. Los maples adelgazan y se vuelven más escasos. Un claro se asoma entre ellos. El propósito es como una sierra, afilado y preciso. Atraviesa el bosque de la mente y permite que aparezca el claro.

Los árboles dan paso a flores silvestres, lo perenne da paso a lo efímero. Un lago aparece a la vista. Margaritas y nomeolvides decoran su frontera mientras el sol se asienta por encima y dibuja diamantes a través de su tejido. En el centro, un anciano con una túnica roja y dorada flota de espaldas.

—Ahí estás. En un momento estoy contigo —le grita a la mujer antes de desaparecer bajo la superficie del agua.

A pesar de que está lejos, para cuando sus palabras la alcanzan él ha llegado con ellas también. Él y su hermosa túnica están completamente secos, a pesar de que su cara nada en arrugas. Mientras la saluda, pasa la mano por la crin de la yegua. La yegua siente como si se hubiera convertido en líquido.

La mujer está confundida. ¿La ha estado esperando? ¿Cómo puede ser eso posible?

—Me temo que estamos perdidas —confiesa.

—¿Perdidas? Estar perdido es existir en un tiempo y un lugar, o más bien, no hacerlo. Sólo se puede estar en un lugar: aquí. Y aquí están, justo donde se supone que deben estar.

Habla el mismo idioma que ella y, sin embargo, le parece incomprensible.

—¿Y dónde estoy?

—Justo aquí.

—Bien. Estoy aquí. Y una vez que salga de aquí, ¿dónde estaré?

El anciano ríe, encantado.

—Aquí, por supuesto. ¿Dónde más podrías estar?

El bosque puede haber sido un laberinto, pero también lo es la mente del anciano. La entrampa más de lo que habrían podido hacerlo las ramas.

—Basta ya —dice ella; luego se dirige a la yegua—. Vamos.

—¿Cómo puedes ir a algún lugar cuando ya estás ahí?

Después de todo ese progreso, es esto lo que por fin la detiene. Sobrevivió el sofocamiento para ser vencida por un acertijo. Se sienta en el lugar en que se encuentra y apoya su adolorida cabeza sobre sus manos.

El anciano se hinca y desciende para mirar a la mujer a los ojos. Los suyos son tan apacibles y profundos como el lago a sus espaldas. Reconoce la decepción de la mujer. Tantos se decepcionan al encontrarse ahí cuando desean siempre estar en otro lugar.

Su voz es paciente; su bondad, simple.

—Estás en el lago del tiempo. Es un lago hecho por humanos, claro está, pero no dejes que eso te desanime.

Es un placer experimentarlo. Entra —le dice, la toma de la mano y la lleva hacia adentro—. El agua está bien.

Debe de estarlo, en efecto, pues al acercarse ve gente que nada en ella, que se recuesta en su orilla y descansa en la ribera.

Se inclina hacia enfrente y mete un dedo con cautela. El agua no está fría ni caliente. El agua es un recuerdo. Llega en oleadas, le da vueltas a su conciencia, la jala hacia adentro y hacia afuera, adentro y afuera.

Mi madre está sentada en su tocador. Me siento en su regazo. Se viste para salir de noche con mi padre; se perfuma el cuello. El aroma me embriaga. Se polvea el rostro y, de forma juguetona, pasa la brocha por mi nariz. Siento como si me hubiese espolvoreado con magia, la magia de ser adulta. Cuánto anhelo conocer este mundo por mí misma, este mundo de baile y luz de estrellas. Su risa revolotea a mi alrededor como mariposas. Se agacha y besa mi frente; su aroma es embriagador, a bergamota, a mujer...

Tan pronto como llegan, la escena y el aroma se esfuman; la mujer no está en su hogar de la infancia, sino en un extraño lago; no está con su madre, sino con un extraño hombre.

—¿Qué fue eso? —pregunta ella.

—Ése fue el tiempo —responde él.

***

El anciano entra al lago, seguido de su voz y su túnica roja con dorado. Su cabeza desaparece debajo de la superficie.

Cuando vuelve a emerger es la cabeza de una hermosa joven que desborda oro y rubíes. Se sumerge una vez más, y ahora es un niño, envuelto en tela roja y dorada. Con una última inmersión se convierte en el anciano de nuevo y, conforme le vuelven las arrugas al rostro, también lo hace su sonrisa.

La yegua lo mira, sedienta. También se acerca a la orilla e introduce su suave hocico en el agua.

El mundo es una burbuja blanca que estalla en un campo de girasoles. Patas temblorosas. Patas suaves. Cálidas abejas en mis oídos. Mi madre me canta con los ojos.

Sobresaltada, alza la cabeza y la vuelve a agachar para beber más.

—Ahora tu arpa —le dice el anciano a la mujer.

—Pero es un objeto inanimado.

—¿Lo es?

Ella se estremece de pensar en hacer lo que él pide. Sumergir el arpa en el agua es matarla. La madera se torcerá, el tono se deformará. Ha causado tanta muerte ya; no puede ser responsable de una más.

El anciano asiente para alentarla. Esto no debe desconcertarla.

—¿No es momento de superar los lamentos y cantos fúnebres?

Ella debe admitir que tiene razón. Incluso el silencio sería mejor que otra canción de duelo. Cierra los ojos, contiene la respiración y sumerge el instrumento en el lago.

Se asoma entonces.

El arpa ya no está hecha de sauce; es el árbol mismo. Las raíces de sus cuerdas se alargan para convertirse en las raíces de un tronco. Llora hojas en vez de notas. Se dice que un sauce crece donde el fantasma va, que sus ramas se usan para barrer tumbas, para invocar a los muertos de vuelta al mundo de los vivos. Por supuesto que ese árbol se convirtió en su arpa. Nada era más adecuado para cantar su dolor.

Treinta y cuatro cuerdas alguna vez se anudaron en el instrumento. Ahora, treinta y cuatro polillas de morera se congregan alrededor del árbol y ponen huevos sobre sus hojas. Una oruga recién salida del huevo mira a su alrededor y llora, afligida: "No encuentro mis alas". Entra en un frenesí, desesperada por transformar el cuerpo que le fue dado en el cuerpo que le fue prometido. "Me encerraré en una fortaleza; que nadie me mire y piense que soy un gusano". El capullo que teje atraviesa su propia transformación: se convierte en seda, que se convierte en cordel, que se convierte en canción.

La canción, también, debe provenir de algún lugar. Antes de surgir en el instrumento, debe surgir en el músico. El sonsonete de su vida diaria, el canto llano de sus rezos de medianoche. El Sol mayor de su callada satisfacción. El intervalo de tres tonos de los escalofríos en su carne. La escala menor de su suspiro; el origen, la tristeza o el sonido, lo que llegue primero.

El anciano le indica a la mujer que alce el arpa para sacarla del lago, y ésta de inmediato recobra su forma: el sauce se ha encogido; las polillas, un mero recuerdo. El anciano se hace entonces de Lecciones Musicales. Con un reflejo del que ella no sabía que era capaz, lo tumba de sus manos. El arpa podrá estar intacta, pero su fe tiene un límite que no va más allá del libro. Quedan tan pocas cosas que son suyas. El fuego se ha llevado la mayoría; no permitirá que el agua se lleve el resto.

Él comprende. Si ella confiara en lo que él quiere mostrarle, entonces ella obtendría la respuesta a una pregunta que no ha formulado aún. Pero ella prefiere tener el acertijo, y él se conforma con seguir el juego.

La mujer se hinca para alzar el libro y mira la página en que cayó abierto.

> *Agua, fuego, tierra, aire: éstos son los elementos de la creación. Para poder crear armonía, mantenlos equilibrados. Vadea las aguas del tiempo. El fuego es una fuente de iluminación. Permite que alumbre tu camino. Vuelve a la tierra una y otra vez, cada una con la ligereza de una polilla en el aire. Así es como se hace la música.*

Alza la mirada de las palabras. Una niña pequeña está dentro del lago con agua hasta las rodillas. En una mano lleva un amento de sauce; en la otra, cubos de azúcar para que mordisquee el potro que está a su lado. Tararea una tonada antigua y familiar. Flota por el aire con aroma a bergamota hasta alcanzar a la mujer. La niña la saluda con la mano. El tiempo ondea por el lago.

—¿Qué es esto? —pregunta la mujer—. ¿Nuestras infancias?

—Hay mucho más que eso —contesta el anciano—. Mira más profundo. Ya verás.

Señala hacia la orilla, donde un hombre está a punto de zambullirse. Lo observan entrar. Se queda dentro un instante, sale, se seca y se vuelve a zambullir. El hombre no cambia, pero el clavado sí. Primero es un panzazo, pues no sabe lo que hace, o tiene miedo, o sólo quiere salpicar. Lo intenta de nuevo, algo más complejo: utiliza diferentes músculos, perfecciona la técnica. De ese modo, cada clavado va adquiriendo una belleza sublime. Pero, hasta ese momento, ¡es un terrible desastre! Todos esos salpicones. Toda esa diversión.

A veces, otros se le unen para hacer un nado sincronizado.

A veces patalean y manotean en el agua, y él entra para salvarlos.

A veces, tan sólo flota sobre su espalda y disfruta el calor del sol en el rostro.

—Ese nadador a quien has estado viendo, ¿muere cuando sale del agua? —pregunta el anciano.

—A duras penas. Descansa o vuelve a entrar.

—¿Lloras por cada clavado que ha concluido?

—¿Llorar? —qué descabellado—. No, el clavado inicia y termina, el nadador no.

—¿Te ahogarías en culpa y te hundirías como una piedra si un nadador saliera del agua y tú permanecieras adentro?

La mujer voltea a ver al anciano. Él la mira, atento, a la espera. Puede esperar por siempre. Tiene tiempo de sobra.

***

El lago está repleto de movimiento. Sus riberas están punteadas con cosas plateadas como aves, cosas hechas de luz.

Al deslizarse en el agua, su luz se cubre de cuerpos y sus alas de mercurio se vuelven pesadas y humanas.

—¿Estos seres, entonces, están todos muertos? ¿Y entran al agua para cobrar vida? —pregunta la mujer.

El anciano niega con la cabeza.

—El alma no está viva ni está muerta. El alma sólo *es*.

La voz de la mujer se engancha a la tristeza; un pequeño pedazo se desprende.

—¿Qué hay de mi hija? Ella estaba en el lago. Tenía que estarlo. ¿Salió demasiado pronto?

—Ella sólo probó el agua, pero no era adecuada.

—Para ella.

—Para ella y para ti. Irse: ése fue su regalo para ti —¿Un REGALO? ¿Perder una hija?—. Ahora te busca desde afuera del lago en vez de adentro —le dice el anciano—. ¿Qué diferencia hay?

La diferencia es el tiempo. La mujer pudo haber pasado años y años con la niña en sus brazos, años en los que su hija fuera una realidad, no una abstracción. Años en lo que no fuera sangre derramada sobre el pasto, sino sangre contenida en un cuerpo, un cuerpo sano y vibrante que crecería y comería y brincaría por los campos y dejaría crecer su cabello y soñaría treinta mil sueños y lloraría y se enamoraría. Un cuerpo que perteneciera al tiempo y no estuviera más allá de él.

El anciano sabe que el tiempo es una quimera, una ficción, una nube de delgada gasa que atraviesa la mente. ¿Qué más podría ser algo tan elusivo y errático? Los años de la mujer están hechos de meses. En otro lugar están hechos de luz. Sus años son distintos a los del antiguo nómada, quien, al contar lunas en vez de soles, descubrió que podía vivir siglos. El hombre talló el tiempo en husos, colocó una línea imaginaria en el océano y le llamó día. ¡Qué acertijo tan más entretenido! Para el anciano, el tiempo no es más que el parpadeo de un dinosaurio, la sacudida de la cola de un cordero. Pero para la mujer es algo mucho más concreto y cruel, un monstruo al que teme y desea; un monstruo que destruye, pero del que nunca hay suficiente. Su hija no es la única víctima. Se roba a todos los bebés y los reemplaza con adultos. Les dice que abandonen sus hogares y a sus madres. Luego se lleva a sus madres. Convierte a todos a quienes toca en huérfanos y despedaza a quienes permanecen, y les deja marcas en los cuerpos.

Los ojos de la mujer están llenos de agua, como el lago, aunque menos clara; está enturbiada por algo humano.

—Creo que preferiría quedarme en la orilla. No sé por qué tendría que haber entrado en primer lugar.

—Porque querías escuchar el concierto de una tormenta veraniega y oír sus notas sobre tu piel. Querías saborear el exquisito jugo de las moras salvajes que escurría por tu brazo. Querías ver cómo la zapatilla de una dama atrapa el rocío y sentir cómo la sonrisa de una amante toma aliento. Porque sólo con un cuerpo se pueden hacer canciones y moverse con ellas y deleitarse con el baile. ¿De qué otra forma podrías vivir la pasmosa belleza de este mundo?

—Y la muerte y la pérdida.

—Y el amor.

—Y el duelo y el dolor.

—Y el amor.

Ella gruñe. Preferiría no existir. ¿Por qué debe estar sujeto a discusión?

—Mi esposo me prometió la eternidad y luego desapareció con una nube de humo. Si el amor es razón para vivir, sin duda debería ser más fuerte que la carne y que el fuego. Ahora me dicen que no puedo siquiera voltear a verlo. ¿Qué clase de amor es tan escurridizo y tímido?

—En cierto sentido, es verdad que no puedes mirar atrás. En cierto sentido, no lo es.

¿Otro acertijo?

—Entra al agua —le instruye—. Mira atrás hacia allá, mucho más atrás.

—¿Hacia mi pasado?

—Hacia todos los pasados que has tenido —contesta él. La mujer lo mira asombrada, pero el anciano tan sólo ríe, le da una palmada en el hombro y dice—: ¿Crees que sólo tenemos una oportunidad para zambullirnos? ¿Qué tendría de divertido eso?

LECCIÓN 5

Da capo al coda

Mi piel es como una cebolla: delgada, se descarapela. A fin de cuentas, la he usado durante noventa años. Mis dientes me abandonaron hace mucho. No me importa que el tiempo me arrebate esas cosas. Miren, pues, todo lo que me ha dado: nietos y más nietos, un hormiguero de familia. Mis hijos llevan mi rostro en el suyo, aunque ya no son niños. Ahora tienen pecas donde tuvieron cabello. Una mujer trae mi arroz de la tarde. Es mi esposa. Es tan antigua como yo. Cuando mi espíritu deje mi cuerpo y se convierta en nube, será ella quien, en vez de sentir la lluvia sobre su cara, me siga por el cielo.

—Mira sus ojos —dice el anciano desde arriba; su voz se distorsiona por viajar por tanta agua, tanto tiempo.

Lo intento, pero su sonrisa me dificulta verlos. "Ábrelos", le pido. Cuando lo hace, reconocerla me quita el aliento, y me veo obligada a nadar hacia arriba, a buscar aire. Son los ojos de mi esposo. Los ojos que tengo prohibido voltear a ver, los ojos que creí que nunca más vería.

La mujer llega a la superficie del lago, sin aliento tras haberse zambullido, tras el descubrimiento.

—Más profundo —dice el anciano.

Un desvencijado tren me lleva a la escuela. Es de madrugada, pero tan temprano que sigue siendo noche. Yo soy joven; el tren es viejo. Las ventanas no tienen cristales y no le ofrecen resistencia al viento. Cierro los ojos para sentirme a salvo, pero el tren se jalonea y acelera y no puedo descansar. Hoy será mi primer día de escuela; esa razón tampoco me permite descansar. Al salir el sol, me pongo de pie y recorro los pasillos. Otra alumna, una niña como yo, viste el mismo uniforme azul y tiene el cabello negro trenzado sobre la nuca. Quiero preguntarle si puedo sentarme con ella, pero la timidez me lo impide. ¿Qué es peor, tener que preguntarle eso a una desconocida o sentarme sola y con frío? De cualquier forma, no necesita que le pregunte. Tan sólo sonríe y le da una palmadita al asiento junto al suyo. Me deslizo sobre él con una gratitud igualmente muda. Ella toma una cobija de lana de su bolso y la coloca sobre sí y sobre mí, dobla las orillas alrededor de mis hombros para que se mantenga en su lugar. Por primera vez, miro a mi alrededor y veo las montañas brillar como oro. El sol ilumina la cobija. Me ilumina también. Mi cabeza se apesadumbra con fatiga y cae sobre el hombro de la niña. A través de la niebla la escucho cantar una canción: "Azulejo, azulejo. ¿Por qué eres tan azul? Porque comió una mora azul".

Estaremos en clases distintas, pues ella es mayor que yo y está más avanzada en sus estudios. Nuestros salones estarán en lados opuestos de la escuela. Nos veremos de vez en vez, cuando hagamos pausas para tomar té y comer mandarinas. Ella terminará la escuela y yo me casaré con un comerciante local. No nos volveremos a ver.

La voz del anciano hace eco por el lago.
—¿Quién es la amiga?

Regreso en el tiempo; vuelvo al tren; vuelvo a subir la montaña. "Despierta", le digo a la niña pequeña que fui. "Abre los ojos".
Abro los ojos. Miro a mi compañera de asiento. Mi compañera de asiento me mira de vuelta.
Es mi esposo quien me mira de vuelta.

Soy un loto. Les toma un siglo a los dedos de mis pies estirarse hacia el suelo debajo mío, un siglo para que mis manos se estiren hacia el sol. Una libélula me visita un verano. Pasamos las largas horas del día juntas, atrapadas en una callada caricia. Son los meses más felices de mi vida. A través de ella, tan bien anclada en el lodo, aprendí a volar. Yo soy su hamaca, su refugio: sus alas de vitral son mi iglesia. Muere en mis brazos. La sostengo en mis brazos durante mil años.

La noche es profunda y silenciosa, salvo por el tamborileo de mi corazón que sacude mi cuerpo con su fuerza. Estoy segura de que la luna puede oírlo. Miro mis pies descalzos. "No tengas miedo", me digo mientras camino hacia la choza de los ancianos, pero mis pies no se mueven por voluntad propia.

Se enciende una antorcha. La oscuridad escapa como un sueño. El fuego anima los rostros de mi tribu. Espero que alguien la apague, pues al menos en la oscuridad estaba cegada a su desaprobación. Uno de los miembros ni siquiera me mira: mi hermano. Todos ahí somos familia, pero sólo él tiene mi sangre.

Esa mañana hubo una cacería. Todos los hombres participaron. Yo me escabullí a pesar de que me necesitaban dadas mis habilidades con la estólica. Mi hermano también es bueno, el segundo mejor cazador del territorio, pero jamás le dan la estólica.

Fui directo hacia la bestia. Nadie la había visto más que yo, pues mis ojos me habían sido obsequiados por el halcón. Gateé hacia ella, le dije que corriera o moriría. Sabía que acababa de dar a luz a sus becerros y que su muerte conllevaría la de ellos. Había visto a los becerros nacer, ser criados y ser amados; me resultaban tan tiernos como mis propias crías. Siseé e hice mi cuerpo enorme. Ella me miró, sin comprender, y se alejó. Los hombres seguían cazando, así que, en silencio, me deslicé para unirme a ellos.

Alguien me había descubierto. Lo supe del mismo modo que las presas lo saben: el terror de que lo indecible llegue a suceder, la resignación de que ha sucedido. Lo reconocí de mis pesadillas, donde había visto el rostro de mi muerte y aprendí sus contornos.

Era mi hermano. Nunca me delataría. Estaría a salvo.

Pero me equivocaba.

En la choza de los ancianos, mi cuerpo está helado por el pavor y caliente por el fuego. Todos me culpan por el fracaso de la cacería y su hambre, y con justa razón. Valoré más la vida del animal que la de mi tribu. Los traicioné al negarles sustento. Los traicioné al haber nacido con un corazón demasiado débil para cazar, peor que el de una mujer. "Vista de halcón, valor de ratón", cantan, aunque no lo hacen en tono alegre.

No me matan, pero no me permiten quedarme. ¿A dónde iré? Sólo hay planicie y, más allá, desierto. Estaré solo en el lugar más vacío sobre la faz de la tierra. Hasta las estrellas están asqueadas y me dan la espalda. Es una sentencia de muerte con otro nombre, pero más largo.

Miro a mi alrededor, a los otros. Sus rostros no muestran tristeza. Camino hacia el que se parece más al mío. Las lanzas y la gloria serán suyas ahora. Miro esos ojos decembrinos, negros y congelados.

Los ojos del odio.

Los ojos de mi esposo.

Contraemos matrimonio. Él me da un listón; yo le doy mi fidelidad

y

yo soy el humilde monje; él viste las túnicas color azafrán. Escalo los riscos para aprender los secretos de su aliento

y

le doy a luz desde mi cuerpo. Cuando escucho su primer llanto es como si las estrellas estallaran dentro de mí. No sabía que tenía estrellas adentro hasta ese momento

y

cuando él muere, creo que volverá a mí como un cuervo.
Busco en los cielos cada día su retorno

y

él es mi maestro y es mi vecino y es mi hermana y es mi
esposo y es mi mujer y es mi hijo y es...

Una vez que dejó la caverna atrás, la mujer dio por sentado que haría lo mismo con su duelo, que cambiaría su presencia por la de su esposo. "Estará contigo siempre", le habían dicho el rey y la reina, y ella creyó ciegamente en sus palabras. Le habló, le gritó, lo buscó. Él nunca respondió. Ella lo buscaba en todos los lugares y lo encontraba en ninguno. Él estaba con ella, pero su presencia no. Su humanidad no lo estaba. El rebote en su andar y el timbre de su voz y los huecos de sus clavículas no lo estaban. ¿Qué significaba su regreso si ninguna de esas cosas había vuelto con él? Cada respuesta suya que ella no oía, cada mirada suya que ella no atrapaba, le recordaba lo que estaba ausente, lo que había perdido, todas esas cualidades inefables que separan al hombre del fantasma. Y así, contrario a él, el luto se negaba a dejarla caminar sola. Se deslizaba a su lado, la seguía con su mirada serpentina, sin parpadear. Se enrollaba en sus piernas, la constreñía, le exprimía la vida.

> Da capo al coda *significa "de la cabeza a la cola", como una serpiente. Toca cada sección da capo al coda, desde el inicio.*

Con qué frecuencia había leído esas palabras en su libro pensado que eran una instrucción cuando eran, en realidad, una prescripción. Vuelve al inicio de tu canción de amor; tócala una y otra vez. Esto aliviará la presión; retraerá los colmillos.

Había creído que nunca tocaría a su esposo de nuevo. Ahora entiende que no puede tocar una vida sin tocarlo a él. Ella ha sido tantas personas y siente que no puede contener más, pero tan sólo ha tocado la superficie del agua y del yo. Su cuerpo ha dejado de nadar. Su mente no.

El anciano se sienta pacíficamente en la orilla del lago a esperar el regreso de la mujer. Ella cree que ha pasado una eternidad en la profundidad. Para él, el tiempo no ha pasado.

—Mi esposo está en todas partes —comienza a decir ella.

—Lo está —afirma él.

***

La mujer pasa los dedos por los enredados hilos de su dolor; alisa los nudos. Su esposo ha muerto en repetidas ocasiones —los hilos comienzan a entretejerse— y, con cada nuevo nacimiento, él vuelve a ella, no como favor, sino como regla —el patrón se hace presente, el diseño toma forma—, y no hay muerte por edad avanzada, no hay muerte por exilio. ¿Qué es entonces la muerte por fuego? ¿Qué es entonces la muerte?

Ella cose y teje. Los hilos se acomodan y encuentran su sitio. La luz blanca surge de sus manos, que ya están familiarizadas con los movimientos, pues un arpa es un telar que teje notas en vez de telas, que convierte el material de la miseria en música.

Y la vida también es un telar: el alma es el rodillo; ella, el alabeo; y él, la trama. Se entrecruzan, se abrochan, se entraman y desentraman para crear una cobija que cubre los hombros y las estrellas. Una y otra vez la trama pasa, y el alabeo la separa en dos. Una capa se eleva, la otra desciende. Con suficientes repeticiones se forma el tejido. Una y otra vez pasa el cuerpo, y el humano se separa en dos. Una capa se eleva al cielo, la otra desciende a la tierra. Con suficientes repeticiones, se forma un ángel. El despojado le llama morir; el tejedor le llama separación. Ella comprende el ritmo, entiende que la separación es temporal: una pausa en su respirar, un movimiento de su mueca. Ella sabe que los hilos no se están distanciando, se preparan para unirse. No se deshilachan, no se desenredan. Están suturando el tapiz del tiempo.

**

Ella es el loto, él la libélula, yo la brisa que la impulsa hacia sus brazos.

Soy una hoja de maple que renuncia a su rama para volar. Éste es el momento de mi muerte, pues no tendré ya raíces para alimentarme; sin embargo, cada día me ha llevado a este salto y no siento miedo. ¡Me dejo ir! El viento guía, yo obedezco; me manda en picada, yo doy vueltas. El baile debe terminar, aunque hasta ese punto: libertad como nunca hube conocido. El pasto me recibe en sus brazos. Nos disolvemos en risas y hojas. El sol me derrite y la tierra me da de comer a mis hermanos en las ramas, aquellos que me vieron morir, aquellos que me vieron volar.

Soy un pez vela. No sabía que algo sin piernas pudiera correr con tanta fuerza como un caballo; y sin tierra que me detenga, me convierto en un arma, atravieso el agua como si fuera de acero. Mi cuerpo es una bala, liso y aerodinámico, gris cromado. Soy gasolina encendida. Soy tan rápida como para atrapar todo menos el sol. Paso mis días acechándolo, saltando salvajemente por los aires; nunca lo atrapo, pero jamás dejo de intentarlo.

El alma de la yegua nació para moverse, para lanzar cualquier cuerpo posible contra el viento, para ser el viento. Y ahora está coja, impedida de hacer lo que más ama. ¿Qué mejor manera de aprender los verdaderos matices del movimiento y de la libertad?

La mujer se siente horrorizada, responsable. Ha lisiado a la yegua más de lo que podría haberlo hecho cualquier lesión: la ha obligado a tolerar su viaje, le ha pedido que ponga su libertad a sus pies, ha restringido su derecho a correr. Le parece que es ella quien ha corrido de forma ciega e irresponsable por la vida, privando a sus seres amados de sus cuerpos.

Pero la yegua sabe que cada laborioso paso que da junto a la mujer la lleva un poco más lejos, un poco más alto. El corazón animal no tiene las mismas fronteras que el corazón humano. Es más tolerante, más transparente. La humana ha de aprender a quitar las barreras de su corazón. El animal ha de mostrarle cómo. Ésta también es una lección de movimiento, de libertad.

***

—La libélula era mi alma gemela, al igual que mi antigua esposa. ¿Por qué mi esposo volvería a mí como una niña en el tren —se pregunta la mujer—, como una compañera de escuela y no una compañera de vida?

—¿Quién si no un alma gemela te envolvería con bondad para que descansases? ¿Quién más aceptaría tomar tiempo contigo, tomar tiempo para ti?

—¿Un alma gemela no lo sería para siempre? Nunca volví a ver a la niña, a él.

El anciano está confundido.

—¿Nunca lo volviste a ver?

Ella recuerda la cacería fallida, el exilio bajo las estrellas. Su voz y sus ojos caen al suelo.

—Quieres decir que un alma gemela sería así de desleal, de detestable.

—¿Quién si no un esposo se sobajaría por tu aprendizaje? ¿Quién más te permitiría experimentar el dolor y el odio, y lo haría por ti a través de la forma más pura del amor? No lo olvides: el mismo hermano que te traicionó es la misma esposa que te trajo compañía, la misma niña que te reconfortó, el mismo esposo que te dio música.

La serpiente de la culpa repta de manera furtiva junto a la serpiente de la pena; sus colas se tocan; cambian de lugar.

—No puedo culparlo —dice ella—. Le arrebaté el cuerpo. Le arrebaté a su hija. Sin importar qué me haya hecho en el pasado, yo he hecho cosas mucho peores en el presente. Soy yo quien debe ser castigada, quien debe compensarle.

—Ah, sí, castigo. Compensación. ¡Qué bien! ¿Cuál fue su castigo por traicionarte? Cubrirte con cobijas de luz, regalarte nieto tras nieto, trenzar flores en tu cabello y felicidad en tu canción.

El anciano le pasa una mano frente al rostro. A su paso se dibujan escenas; se transforman tan rápido que ella apenas si puede descifrarlas antes de que desaparezcan. Un hogar en las estepas, las manos de un hombre, un cuchillo afilado. Una madre y su hija, destripamientos, sangre en la tierra, en el cuchillo, en las manos del hombre: sus manos. Las lleva a sus labios. La sangre sabe a hierro, pero está mezclada con otro sabor, uno más salado: placer. Es demasiado fuerte para ella.

—Te has perdonado por estas acciones —dice el anciano—. ¿Pero no te has perdonado por un accidente de la física, de las llamas?

El rey y la reina habían declarado culpable a la mujer de un crimen, la habían hecho arrodillarse con remordimiento. Ahora, el anciano conjuraba el mismo hechizo.

—¿Ese hombre, ese carnicero, era yo? —logra articular. El sonido surge de un lugar profundo y oscuro en el interior de la mujer, un lugar al que la criatura como hormiga no tiene acceso. De pronto, ella quiere salir corriendo de este lago del tiempo, temerosa de qué otros asesinos podrían salir de sus profundidades con velas y cuchillos en mano, con su rostro—. ¿Y me muestra eso para que me juzgue *menos*? Soy imperdonable. No se me debería permitir vivir, seguir volviendo.

—No. Estás aprendiendo. Lo que hiciste entonces, otros lo hacen ahora. Ellos también aprenden. Y porque no hay tiempo, no hay diferencia entre el entonces y el ahora, entre ellos y tú. Todos hemos dado vida; todos hemos quitado la vida. Esta mano hunde un puñal —dice, tocándole la mano izquierda, luego la derecha—, y ésta ofrece dádivas a los hambrientos. La misma persona que abate a una madre y a su hija da su vida para salvar a una bestia y a sus crías. Maravilloso, ¿no lo crees?

A la mujer no le parece maravilloso en lo absoluto.

El anciano la conduce de vuelta al lago, guía sus hombros hacia abajo de la superficie. Un reflejo aparece en sus aguas, un espejo de tiempo. La mujer se ve a sí misma como una niña pequeña, vestida con un delantal blanco y sentada con las piernas cruzadas en el piso de su salón del jardín de infancia.

—De cierta forma, sabías muy poco en ese entonces —señala el anciano mientras mira a la niña con un cariño paternal—. No podías leer los clásicos de la literatura ni la tabla periódica. Apenas estabas aprendiendo a compartir, a esperar tu turno, a cuidar de tu cuerpo y descifrar lo que era capaz de hacer. ¿Era eso imperdonable?

—No entiendo la pregunta.

Un niño en el salón se agazapa sobre una guitarra de juguete; jala sus cuerdas hasta que éstas chillan. La niña, intrigada por el sonido, va hacia él. Ella quiere el juguete.

Él se interpone. Cuando ella se lo pide, él se lo niega. Ella, entonces, lo empuja y él cae al piso; llora por el disgusto. El niño considera patearla o hacer un berrinche, pero decide no hacerlo.

—¿Fuiste imperdonable?

—¡Era una niña! No sabía lo que hacía.

Una maestra se acerca a ambos niños. Acaricia la cabeza del niño y lo pone de pie; luego se da media vuelta hacia la niña.

—La maestra debería matarte —sugiere el anciano y la mujer se queda sin aliento—. ¿No fue eso lo que dijiste? O podría castigarte por toda la eternidad, aunque en realidad no es necesario. Hasta la alumna más difícil entenderá tarde o temprano, y pasará al siguiente grado —guarda silencio cuando la maestra se hinca al nivel de la niña y le explica cómo debió haberse sentido el niño cuando lo empujó—. Ah, un método más sutil.

Despacio, gira a la mujer dentro del agua, un giro completo, y ella ahora ve a la niña y al niño, más altos, más inteligentes. Están parados en un salón de conservatorio. El niño rasga una guitarra. La niña escucha con el ceño fruncido; no le agrada el arreglo de la pieza. Su mano se dispara hacia adelante. ¿Está por empujarlo de nuevo? Por supuesto que no. Eso es lo que hacen los niños. La apoya con suavidad sobre el brazo del niño; ha aprendido que el propósito del tacto es calmar, no golpear. Él la mira y sonríe.

—Mismos alumnos, mismos estudios —dice el anciano—. ¿Puedes adivinar cuál es la lección?

—¿Cómo amarnos?

—No es un acertijo tan complicado, a final de cuentas.

Ella considera el amor que se le escapó de las manos y flotó hacia los cielos una quieta noche de verano.

—Pero, ¿por qué debo de aprenderlo sola?

—¿Quién dijo que estás sola? ¿Cuándo has estado en una clase sin una maestra, sin un tutor? Nadie esperó que aprendieras geometría o cálculo por ti misma.

—No estoy muy segura de haberlos aprendido.

El anciano ríe.

—El amor no es tan complicado como el cálculo. No hagas que lo sea.

Podrá ser menos complicado, piensa la mujer. Pero, ¿qué podría ser más brutal que las matemáticas emocionales del amor? Cómo puede destrozarse en fracciones un instante; cómo tres menos dos puede ser igual a cero. La fría y firme precisión con la que la división hace su trabajo y deja detrás suyo tan sólo un recuerdo de lo que alguna vez estuvo completo.

Ella no es la única que ha visto al amor desaparecer de su vida sin aviso y sin razón. Durante años, la gente buscó la lógica en ello, la respuesta de lo irrespondible, la ecuación que completaría sus vidas fragmentadas y les daría sentido. Crearon métodos cada vez más complejos para resolver la sencilla aritmética de la pérdida. Idearon el álgebra: la colocación de huesos, la reunión de partes fragmentadas, la ciencia de restaurar lo que estaba ausente. Crearon el cálculo, el estudio del cambio de las cosas, desde la misma palabra para designar "piedra" o "roca". ¿Qué mejor manera de describir la muerte? "Determinaremos el valor de lo desconocido", dijeron. "Encontraremos el sentido de este dolor". Como si hubiera una razón, se dice la mujer. Como si hubiera sentido. Como si toda aquella actividad intelectual fuera algo más que una mente alterada y deshecha dando vueltas. No hay ciencia de las restas, ni una fórmula para encontrar el significado del luto. Nada puede resolver la pérdida. La pérdida no tiene solución.

Ella está exhausta. Ha estado trabajando en ese problema por siempre. Ver el patrón detrás de las vidas es progreso; elegir repetirlo es locura.

—Ya me eduqué lo suficiente —asegura con determinación.

Con gusto aceptaría menos conocimiento si ello implicara menos sufrimiento.

—Tienes más por aprender —le dice el anciano—. Domina el material, regresa después a enseñarlo.

Ella sigue sin estar convencida. Y esta escuela es tan difícil. Las lecciones le rompen el corazón. Los exámenes le fracturan los huesos y no hay matemática que pueda curarlos. ¿De qué puede servir volver día tras día, vida tras vida?

En ese momento, mira al otro lado del lago. En la ribera se encuentra una joven niña con trenzas negras sobre la cabeza. Bebe una taza de té y pela una mandarina con delicadeza. Sus ojos se encuentran. Los ojos de la niña reflejan algo dorado y brillante: montañas, recuerdos. Una cobija de lana reposa sobre su regazo. Sus orillas están incompletas, sin terminar, no hasta que el alabeo pase los brazos por la trama una última vez y se niegue a dejarla. Saluda a la mujer, le ofrece una cálida sonrisa y le da una palmada al pasto a manera de invitación para que se siente con ella. "Ahí estás, pajarita mía."

LECCIÓN 6

Dueto

AHÍ ESTÁS, PAJARITA MÍA.

¡Eres tú! ¿En verdad estás aquí?

¿Dónde más estaría?

Me dejaste. ¿Cómo pudiste dejarme?

Era un alumno. Ahora soy maestro.

Y yo me quedé estancada en la clase.

Sí. Estoy tan orgulloso de ti.

¿Orgulloso? ¡Yo soy culpable de tu muerte! ¿No estás enojado? ¿No te arrepientes de haberme conocido, de haberme amado?

Amor y *arrepentimiento* no pueden convivir en la misma oración.

Claro que pueden si la oración es una sentencia de muerte.

No es tu culpa. Fue mi decisión.

Yo encendí la vela. Le di el poder de estrangularte. Tú te quedaste atrapado en el ático. No tuviste opción; no tuviste oportunidad.

Antes de que hubiera tan siquiera un destello de ese poder, mi ser superior ya había tomado su decisión. Tú no le diste fuerza a la flama. Me diste fuerza a mí.

¿Por qué elegirías dejarme?

Fue mi regalo para ti.

Los regalos se envuelven con papel y listones, no con dolor y lágrimas.

De no haberme ido, tú no te habrías ido. No te habrías aventurado a salir del resguardo de nuestro hogar para aventurarte en la oscuridad del bosque. Habrías permanecido a salvo, empequeñecida. Eras una bellota: durmiente, desesperada por crecer. No tiene nada de malo ser una bellota, salvo porque estabas destinada a ser el roble.

¿Yo soy el roble?

Una bellota debe morir. Tú no lo ves así, por supuesto. Tú la consideras un símbolo de vida nueva. Pero la vida es feroz: destroza y desecha todo lo que la bellota conoce, su cuerpo, su identidad, su existencia misma. La vida no surge de la semilla; la vida mata la semilla. Pero da paso al roble.

Yo soy el roble...

Las tragedias pueden hacerte florecer. Fuego o metralla, una muerte por mano propia, una bebé nacida sin aliento, la causa importa menos que la consecuencia. Cosas así le ponen presión a la bellota. La estiran hasta que la cáscara ya no puede contenerla. Destruyen su hogar por completo. ¿Les permites convertirte en el roble? ¿O te niegas a la vida y decides nunca convertirte en el roble?

Yo soy el roble.

Y yo también soy el roble. Los dos nos fortalecemos. Los dos le añadimos anillos a nuestras almas.

***

¿En verdad estás aquí?
¿En verdad estás tú aquí?
¿En verdad estás detrás de mí?
Detrás de ti, junto a ti, más allá de ti.

***

¿Cómo es morir?
Cuando era niño, mi madre lavaba mi cobija favorita. La bajaba del tendedero y me la daba para que enterrase la cara en ella. Por un instante, mi mundo era calidez, frescura y suavidad perfectas. Es así, pero sin que ese momento termine.
¿La muerte no es de piedra?
No, es de amor.
¿Dónde estás ahora?
Fuera del *dónde*.
Pero, ¿existes aún?
Cuando te recuestas en la noche y sueñas, ¿existes aún?
Por supuesto.
Cuando duermes, tu espíritu deja el cuerpo. Vuela. Me acompaña donde estoy. Habla con Dios. Crea el mundo. Podría decirse que existe más que en cualquier otro momento.
¿Morir, entonces, es como estar dormida?
No. La vida es dormir. La muerte es despertar.

***

¿Cómo es morir?

Morir es conocer el propósito de tu vida.

¿Y por qué viviste?

Viví para poder morir; viví para que tú pudieras vivir.

Qué terrible. ¿Diste tu vida por mí?

Es como si me pidieras que diera un respiro por ti. He dado millones de ellos por propósitos mucho menos nobles: un suspiro, un llanto, un grito desde los pulmones. ¿Qué es uno más para darte aliento de vida?

***

¿Cómo es morir?

Es como si chocaran tu auto por detrás. Un empujón, un crujido, un ligero sobresalto, pero nada serio. Te toma desprevenido, o tal vez lo ves venir, pero no te puedes apartar. En vez de que salgas disparado hacia la calle, sales disparado a otra dimensión, una en la que puedes ver el universo en toda su claridad, en toda su perfección.

Cómo quisiera poder verlo.

Puedes hacerlo. Abre los ojos.

¿Duele morir?

¿Me preguntas si duele convertirse en ángel? No más de lo que le duele al bebé convertirse en niño, al botón convertirse en flor.

***

¿Cómo es morir?

Esto es lo más extraño: no es como nada. Es sólo saber más de lo que sabías. Ya has tenido esa experiencia. Alguna vez fuiste una niña que apenas si podía hablar; tu vocabulario incrementa y puedes describir todas aquellas cosas para las que no tenías palabras. O eres una instrumentista que por fin resolvió la posición de los dedos para tocar una pieza complicada, y se vuelve sencillo tocar el mismo pasaje con el que habías batallado antes. Cuando eso ocurre, cambias, ¡pero no dejas de existir! Lo que deja de existir es el plano de conciencia que ahora has dejado atrás.

¿Todo entonces es una escuela, como dijo el anciano? Me mostró mi tiempo en el jardín de infancia y hasta que llegué al conservatorio. Y más allá, supongo.

Sí. Claro que la alumna no muere cuando termina el jardín de infancia. Lo que muere es su tiempo en el jardín de infancia, podríamos decir, pero la alumna entra al primer grado.

¿Por qué, entonces, le tememos tanto a la muerte? No lloramos las graduaciones; las celebramos.

Por la misma razón por la que la alumna podría no querer dejar el jardín de infancia. Puede correr, hacer arte, jugar con sus amigos. ¿Por qué querría dejarlo? Tiene que hacerlo, pues ya no queda nada ahí por aprender. Así que continúa, ve que sus amigos lo hacen también y todo está bien de nuevo. Además, es emocionante estar en una clase distinta y tener útiles nuevos, ¿no lo crees?

He estado aquí llorando por el cuerpo que usaste; tú estás emocionado por tener uno nuevo para el año escolar.

A veces crecemos y nos fortalecemos tanto que la ropa nos deja de quedar.

Pero, ¿no las extrañas? ¿No te entristece no tenerla ya? A mí me entristecería.

¿Extrañas los cuerpos que usaste en otras vidas?

No.

Ahí está tu respuesta.

Dices que el cuerpo no es importante y, sin embargo, yo amaba tu cuerpo. Las curvas de tus pantorrillas, tu sonrisa, tu mente. La delicadeza con la que tus manos tomaban la guitarra, la urgencia con la que me tomaban. El sonido de tu sueño. La planta de tu pie que buscaba el mío bajo las sábanas. Cómo me buscabas en la noche, tus ojos y tu voz, desnudos y anhelantes. Tu alma expuesta. El gesto que atravesaba tu cara, de placer e incredulidad, incredulidad de que pudiera existir un placer así, de que ese placer pudiera ser nuestro.

No me malentiendas. El cuerpo es muy importante. El amor es el "qué"; el cuerpo es el "cómo". Cada cuerpo que hemos usado es un capítulo en nuestra historia, sus páginas se desdoblan al contacto: un poema, un libro de oraciones, un misterio, una carta de amor leída tantas veces que se arruga y desvanece. Bajo la luz de la luna, acariciaba tu nuca y la traducía al braille. Permanecía despierto hasta la madrugada saboreando cada palabra, perdido en su historia de golpes y besos, de batallas que dejaban sangre y cicatrices.

Lo que dices no me reconforta; las cosas de las que hablas hace mucho que se han ido. ¿De qué sirve un libro si no hay quien lo lea? ¿Te imaginas el dolor que esas páginas deben sentir? ¿Por qué deben ser nuestros cuerpos tan frágiles y estar siempre al borde de dejar este mundo y llevarse todo a su paso?

Has escuchado el cuento del genio, ¿cierto? Un genio queda atrapado en la lámpara. Si se le aplica la suficiente presión, puede escapar de ella.

Claro, lo conozco.

Nuestros cuerpos son las lámparas. Cuando la muerte llega, tiene la fuerza suficiente para liberarnos de aquello que nos contiene. ¿Deja de existir el genio cuando deja la lámpara? Por el contrario. Se vuelve enorme, omnipotente; puede invocar cualquier deseo desde el éter. Se eleva en medio del humo para pararse a tu lado. ¡Y tú no dejas de ver la lámpara! No la llores, sin importar lo bella y brillante que sea. Contiene al genio —podría decirse que lo aprisiona—, pero es cuando el genio se libera que la magia comienza.

**

Abre los ojos ahora.

No puedo.

Debes hacerlo.

**

Haces que la muerte suene tan maravillosa, mientras que la vida… la vida es un misterio. Un esposo que ya no es, una hija que nunca fue. Y ésa es tan sólo mi diminuta y triste canción. Todos tienen sus propias tragedias. Multiplica mi dolor por su dolor, esta vida por la anterior, por la próxima: hay miles de permutaciones de la aflicción. Es incalculable, exponencial, insoportable.

¿Por qué cantar esa canción de tristeza si puedes cantar una de amor en su lugar?

He perdido todas mis canciones de amor. He olvidado cómo tocarlas; he olvidado cómo suenan.

Ves el sufrimiento del mundo e insistes en multiplicar el dolor por el dolor. Multiplica la dicha por la dicha. Será entonces que entiendas el verdadero significado de *lo incalculable*. El dolor podrá ser producto de la lección, pero no es la lección. El crecimiento es la lección. El amor es la lección. No confundas un armario con un salón de clases.

No puedo encontrar la dicha. Ya no.

Claro que puedes. Por eso estamos aquí. ¿Sabes que en una vida viniste al mundo sólo para disfrutar una noche de verano? Tu único propósito fue apreciar el arte de julio, deleitarte en sus pinceladas. ¡Qué optativa tan avanzada! Y con cuanta belleza dominaste la materia. El calor se había acallado, las libélulas eran linternas flotantes, el jardín en que estabas sentada brillaba. Las begonias eran mágicas y tú estabas hechizada. Cayó el ocaso y la tarde se extendió ante ti, siseando con suavidad la amplitud de sus posibilidades. No importaron los años ni las lágrimas que derramaste antes o después de esa noche; esa vida existió sólo para ese momento. Piénsalo así: ése podría ser todos los momentos. Es tu decisión. Ése es el verdadero significado de la reencarnación. No nacemos una y otra vez en un cuerpo nuevo, sino en un momento nuevo. Abre los ojos. En tan sólo un día el mundo puede estallar con dicha, y ésa es tu diminuta canción. Multiplica eso por cada persona, por cada día, por cada vida, y tal vez tengas razón: es demasiado.

***

Si tú escogiste no permanecer aquí, ¿por qué debo hacerlo yo? Permíteme acompañarte donde estés.

Lo harás. Mientras tanto, te acompañaré donde tú estás. Los brazos con los que te tomo son de brisa y lluvia, no de carne y hueso; pero son mis brazos. Te hablo con cilantro y clavo, con la canción de la cigarra. Cada flor silvestre en tu camino es un paso mío. Cuando atravieses un campo de flores, será porque he bailado contigo.

Dices que estás a mi alrededor, pero no puedo verte.

Puedes, si abres los ojos.

Cómo te extraño.

¿Extrañarme? Nunca te he dejado; te dejo tanto, como cuando caíamos en sueños distintos en la misma cama.

Ahora compartimos el mismo sueño.

A veces miro tus sueños a la distancia, a veces me invitas a entrar a ellos. De cualquier forma, estoy contigo cada noche, como he estado siempre, y te arrullo hasta que duermes, como he hecho siempre.

Cántame ahora.

No, ahora es momento de que despiertes, no de dormir.

***

El sol se asoma. Es hora de abrir los ojos.
    No lo haré; pues, de hacerlo, desaparecerás.
    Si tú lo dices.
    No me dejes. No de nuevo.
    Abre los ojos. Es hora. Abre los ojos.

LECCIÓN 7

Tema y variación

—ABRE LOS OJOS —DICE EL ANCIANO—. ES HORA. ABRE LOS OJOS.

La mujer lo hace y ve el viejo cuerpo por encima de ella, el sol de la mañana posado en su hombro. Lo único que ella quiere hacer es cerrar los ojos de nuevo, estar con su esposo en aquel lugar en que es sólido y no una sombra. Cuando dormir es el único placer, ¿para qué despertar? Cuando hoy es dolor, ¿para qué el mañana? Hay un hueco en su corazón donde estuvo el sueño. Anhela volver a él, disolverse en él, desaparecer sus pasados. Ahí se encuentra lo que ella quiere. El futuro sólo ofrece algo gris e informe.

¿Lo hace? Si ella continúa por el camino de la miseria, el final de su trayecto no será sino más de lo mismo; cada paso sigue al anterior. Hacerse a un lado, dar vuelta, renunciar a la vereda y caminar a un lugar del todo distinto: eso cambiará el terreno del mañana. No hay punto de llegada; no hay destino. Sólo hay senderos y posibilidades que se extienden en direcciones infinitas y esperan ser exploradas. El anciano se lo dice.

—¿Podemos ir al futuro? —pregunta ella, incrédula.

—Podemos ir a un futuro —la corrige el anciano.

Sus palabras la conducen de nuevo al lago que contiene el tiempo entero.

***

La tierra está conmocionada, cicatrizada. Los edificios son magros y asépticos; la tierra, supurante e infecciosa. Vivo dentro de un hospital, pero estoy a salvo; soy cirujana. La guerra es una organizadora mecánica y eficiente que se asegura de que no haya camas vacías durante mucho tiempo. Espera al anochecer y realiza entonces su mejor trabajo, en la oscuridad.

Coloco las manos sobre mis pacientes para tratar las toxinas desde adentro. Las sustancias químicas del combate son difíciles de extraer del flujo sanguíneo; las sustancias del miedo lo son aún más. Pero ambas pueden ser fatales, y es un sinsentido desarmar una mientras se le permite a la otra ganar terreno.

Los cuerpos ya no necesitan estar abiertos, anestesiados ni fecundados. Ahora incubamos a nuestros bebés afuera. No comprendo: si hemos avanzado hasta el punto de crear vida, ¿por qué no podemos llegar al punto de no destruirla? Luchamos con tanto esmero por salvar vidas, mientras otros se empeñan tan a fondo en destruirlas. La humanidad es progresiva en la ciencia y primitiva de espíritu; una combinación peligrosa.

Otro doctor está de pie a mi lado. Su cabello es tan rojo como el lunar en su mejilla. Mis manos están sobre el paciente, y las suyas sobre las mías. Nuestras luces se mezclan para hacer que sus células chispeen y se enciendan. Lo amo en silencio, de manera fraternal, de la misma forma en que amo a mis pacientes, de la misma forma en que amo incluso a quienes desatan su veneno sobre el mundo, a pesar de que no permitirán que el amor entre a ellos. Le tienen terror al daño que podría provocarles.

Una de mis pacientes es una niñita, demasiado pequeña como para competir con el veneno. La guerra se ha adueñado de su diminuta vida y ha llegado ahora a reclamar su muerte. Como médica tratante, me entrenaron para aceptar que el cuerpo humano, cada tanto, batallará contra sí mismo. Pero cuando la mente humana se desboca —cuando considera que un recién nacido merece ser atacado—, ¿qué clase de entrenamiento podría preparar a alguien para algo así?

Hay también un niño; ni siquiera tiene cinco años cumplidos y ya tiene el trauma inscrito en el rostro. Uso las manos para borrar sus palabras, para reemplazarlo con una nueva historia, una en la que los únicos soldados que existen son de plástico y de ficción. Siempre que me es posible, me escabullo para ir a su habitación y me siento junto a él para que se relaje y logre dormir. Puedo ver su corazón sin tener que mirar. Es color pastel, puro. Nunca vi los ojos de la hija nonata que perdí en el incendio, pero son los mismos, son los de él. Esto lo sé, también, sin tener que mirar.

Salir del agua es complicado; la desesperanza del futuro hunde a la mujer como una roca. Por un breve instante, contempla dejarse sumergir. Su esposo le ha asegurado que la muerte no es desoladora, pero nadie puede prometerle lo mismo de la vida.

—La guerra se convierte en algo muy sofisticado. Pero dicho eso, también la sanación —el anciano señala el arpa—. Fuiste sabia al traer tus talentos contigo.

—Era doctora, no música.

—¿Cuál es la diferencia? El instrumento de sanación, nada más. Los cuerpos que tocas están hechos de tejidos y nervios, en vez de seda y sauce. Afinas células en vez de cuerdas. Haces que ambos vibren en armonía. Ya sabes cómo crear luz blanca con la música. Pronto sabrás hacerlo sin ella.

La mujer extiende los brazos sobre el lago, alisa la superficie, tienta sus profundidades en busca del aterrado niño para quien ha intentado crear un cuento de hadas. Busca, tantea, pero sus dedos no pueden asirse del escurridizo espíritu. Con cada vida parece eludirla más, nadar cada vez más lejos, ni siquiera ser su hija ya. Es su paciente, pero es hijo de alguien más.

—Tú fuiste la madre —dice el anciano—, tan sólo de forma distinta.

—¿Y la pequeña niña? Era tan familiar, aunque no logré reconocerla. Si no era la misma alma de la hija que perdí, ¿quién era entonces?

La yegua alza la cabeza y mira a la mujer a los ojos, a la espera de que se afiance el reconocimiento.

***

—No me gusta mucho el futuro —dice la mujer.

—Cámbialo entonces —dice el anciano.

—¿Cómo?

—¿Qué quieres decir con *cómo*? No es un acertijo. Compón uno nuevo.

La guerra avanza con pesadez. La niña muere, al igual que el joven niño. No puedo salvarlos. No tengo nada que ofrecer; mi luz es frágil y fría. Las ventanas del hospital están selladas y las toxinas no pueden alcanzarnos, pero siento que debieron hacerlo. ¿Qué otra cosa podría explicar el dolor dentro de mí que me apaga de a poco? Mis colegas ofrecen su ayuda. No la acepto. ¿Por qué habría de vivir sólo para ver niños morir? No me dejan tocar a los enfermos. Mi tacto está lleno de plomo, los dejaría susceptibles al shock, a una infección de pena.

El anciano sacude la cabeza.

—Dirección equivocada.

La guerra avanza con pesadumbre. Los pacientes responden a mi medicina. Una noche, el doctor pelirrojo coloca las manos sobre las mías en vez de encima. Afuera de nuestras ventanas, la gente mata. Al interior de nuestros muros, la gente muere. Pero yo... yo cobro vida. Y pensar que ha estado junto a mí todo el tiempo; nunca pensé en buscar el amor enterrado bajo la guerra. La niña permanece con vida, pero no por mucho tiempo. El niño me llama Madre.

—¿Cómo suena la felicidad para ti? ¿Por qué insistir en una guerra? ¿Tienes tanto miedo de estar en paz?

Coloco las manos sobre el niño. Su sangre es fuerte y está limpia, como el aire que pasa por las ventanas sin sellar. Intento mirar hacia afuera de las ventanas, pero parece que no puedo hacerlo, pues hay flores que obstruyen mi vista. ¡Ay, ver flores otra vez! El doctor pelirrojo está junto a mí, y beso el lunar en la mejilla que el fuego alguna vez tocó. Lo amo a pesar de ello. Lo amo por ello. Me pregunta si estoy lista. ¿Lista para qué? Para salir, por supuesto. El mundo frondoso, verde y fértil, y las únicas camas que atiendo son las de las rosas. El niño se recuesta en mi regazo. Arranco una magnolia del suelo y la coloco bajo su barbilla, y él brilla, pues nunca ha vivido un día de terror en su vida. La chiquilla ha crecido sana, se ha convertido en una niña. Corre por los campos; corre, corre, da vueltas, baila y lanza los brazos al cielo. Sus piernas son pequeñas y están arqueadas por la juventud; son pequeñas espoletas. Se cae, ríe, se pone de pie, está corriendo de nuevo, corre hacia el sol; aunque nunca lo atrape, no deja de intentarlo…

La mujer flota. No podría quedarse bajo el agua, aunque lo intentara. No ha perdido a su hija nonata; la ha encontrado en un niño pequeño que brilla entre magnolias y asombro. Su yegua está ahí, también lo está su esposo. Él siempre está ahí. Las cristalinas aguas del lago son un prisma que lo refracta dondequiera que ella mire. Qué inútil es llorar por un cuerpo cuando él la acompañará en un sinfín de cuerpos más. La muerte no es pérdida, es tan sólo la oportunidad de amarase de mil formas distintas.

Había tenido razón: no hay futuro sin él. Pero esas palabras significan algo diferente ahora.

Ése había sido su miedo: que a pesar de haber vuelto a ella una y otra vez en el pasado, tal vez después decidiera dejar de hacerlo. Que al tocar las quemaduras en su mejilla le parecieran demasiado dolorosas, que ella le pareciera demasiado dolorosa.

Ésta era su vergüenza: las heridas no comenzaban con el incendio. Más de una vez, ella albergó serpientes dentro de sí —palabras hirientes, palabras desconsideradas, varias ofensas en todas sus reptantes formas— que se escaparon de sus labios para morderlo. ¿Cómo puede la misma boca usarse para besar y herir? Ella encendió la vela con amor para que su esposo pudiera navegar en la noche. Ella encendió la vela y azotó la puerta, y el resultado, a pesar de haber sido trágico, fue un accidente. Las heridas reales han sido perdonadas; han sido perdonadas una y otra vez.

Ella lo corta con un comentario seco. Él avienta una lanza llena de veneno que la atraviesa. Ella enciende el cerillo; él sucumbe a las llamas. Los amantes aprenden cien maneras de hacerse daño, de herirse, con armas y con palabras, o con la ausencia de ellas. Sus arsenales son vastos, personales. Libran largas guerras y después las recrean. Sin embargo, hasta los más amargados de ellos terminarán mirándose a través de ventanas que desbordan flores. La mujer y su esposo pudieron, con facilidad, haberse convertido en enemigos después de todas las heridas causadas. En cambio, se convirtieron en médicos que se curaban entre sí.

Aquí está ella, de nuevo entre sus brazos, en el futuro, en todos los futuros, como si la muerte jamás los hubiese separado. Los siglos pasan, los cuerpos pasan, sin efectos duraderos. Es como si él la abrazara mientras cae dormida, se separaran durante la noche y ella despertara en la mañana para encontrarse en sus brazos de nuevo. Permanecer en la necedad del sueño y del pasado es cerrar los ojos a la luz del sol que acecha. Ahora comprende que el mañana no es algo de lo que deba escapar, que deba desechar, que deba desear que no llegue. Es aquello hacia lo que corre, donde da vueltas y baila, con los brazos alzados con dicha; aunque nunca lo atrape, no deja de intentarlo.

LECCIÓN 8

Puntillo

—Has visto el pasado —dice el anciano.

—Sí —responde la mujer.

—Has visto el futuro.

—Sí.

—Te han reconfortado.

—Vaya que sí.

—Bien. Ahora olvida ambos. No existen. Nunca existieron.

***

—Hay un solo momento: ahora. El tiempo sugiere más. No hay más. Hay sólo un lugar: aquí. Estás aquí… ahora —el anciano hace una pausa para ponderar el lago y a todos quienes lo ocupan—. ¿Cómo puede ser el tiempo una ilusión si estás dentro de él? ¿Cómo puede el lago no ser real si estás en sus aguas y tú eres real? ¿Lo eres? —alza los brazos y los extiende con un rápido movimiento; conjunta el lago entero y lo condensa en una sola gota que reposa en la palma de su mano—. Aquí está el tiempo —continúa, y luego sopla con suavidad sobre la pequeña cuenta hasta que ésta flota, convertida en burbuja—. Y allá va. Sin embargo, aquí estás, afuera, viva. ¿Cómo es eso posible?

Extiende los brazos y el lago aparece frente a ellos una vez más, más calmado y transparente que nunca. Aquí, allá. Aquí, allá. La marea del tiempo que la jala hacia sus profundidades y la suelta para descansar en su ribera deposita sus riquezas a sus pies. La ola que se ensancha con suavidad la lleva a ninguna parte y la lleva a todas partes.

La mujer mira las aguas sin fondo que han contenido a su esposo, a su hija, a ella. Mira la faz del agua y ve su propio rostro: plácido, eterno. No es el enemigo, ni el ladrón, ni el monstruo. Es tan sólo aquello que le otorga los seis millones de alientos de una vida. Desciende en ella y el tiempo la rodea; emerge y se evapora de ella. Si el anciano fuera a disolver el lago de una vez por todas, las criaturas como pájaros que decoran su ribera no desaparecerían con él. Tan sólo se alejarían con aquellas alas hechas de mercurio y memoria, con plumas que adquieren vetas de plata y están punteadas con nubes cuando vuelan en formación hacia un nuevo nido.

Pero, si el tiempo perdura tan poco como una burbuja en el aire, ¿qué hay de todo lo que se vive dentro de él? ¿Es tan frágil, tan efímero?

Arremolina el dedo en el agua y piensa en voz alta.

—El tiempo es una de las cosas de las que venimos a aprender entonces.

—Sí, si te dedicas a la física.

—¿No es una lección importante?

—No es tanto la lección como el vehículo con el que ésta se imparte. Es el libro, no la materia.

Un lago de tiempo, un libro de palabras: el contenido, sabe el anciano, es más importante que el contenedor. Pero ambos permiten la alquimia. Ambos dejan sus huellas en el alma. Un libro está adentro y más allá del tiempo y el espacio. Un lector puede sumergirse en sus páginas y nadar en sus palabras; puede dejarlo, alejarse y volver años más tarde, volver incluso después de que el autor haya muerto. Altera la conciencia y el corazón y, sin embargo, sus efectos no se desvanecen cuando el libro se cierra, cuando es devuelto al librero, cuando lo que narra sólo es ficticio y nunca es material. El libro mismo puede ser destruido, sus palabras pueden ser tachadas o borradas de sus páginas, pero nunca se podrá tachar o borrar al lector. El mundo material es igual. La realidad puede dispersarse con un gesto de la mano del anciano, con la iluminación de la mente de la mujer. El medio viene y va. La perspicacia, en cambio, permanece.

—Tú piensas que sólo hay una de ti y muchos tiempos. Un ser estable y perdurable, y ayer, el mes siguiente, hace ochocientos años, el dieciséis de agosto, la infancia, las nueve de la mañana, el otoño, 480 a. C. Para ti, el tiempo es una línea, una línea temporal que la misma persona camina día tras día en una misma dirección desde que nace hasta que es vieja y gris. ¿Y si en cambio hubiera muchos seres y un tiempo? ¿Y si tú de hace unos segundos y tú de dos segundos después fueran dos personas completamente separadas? Tú de ayer, tú del otoño pasado y el siguiente, tú de hace ochocientos años, tú de la niñez y tú de la vejez: tús que existen de forma concurrente, se desarrollan en simultáneo. Así pues, no hay una línea, sólo un único punto en la trama. Y ese único punto no tiene límites y contiene todas tus incontables variaciones —le dice él.

Mientras él habla, algo les sucede a los ojos de la mujer, pues ya no ve a un hombre anciano, sino a un hombre cuyas arrugas se han alisado, cuyo cuerpo se ha estirado hasta ser el de un joven adulto, para luego comprimirse en el de un niño pequeño. Ella parpadea para reenfocarlo. Él apoya la mano sobre la de ella y le dice:

—Está bien. Déjalo ir.

Su pregunta es honesta, su confusión profunda.

—Si sólo hay un punto, un punto que contiene cada vida que he vivido y viviré, y un billón de *yos* que existen a la vez, ¿cuándo nací entonces? ¿Y cuándo moriré?

Él esboza una sonrisa amplia y sin dientes, una sonrisa compartida por bebés y ancianos.

***

El anciano agita los brazos frente al rostro de la mujer, y ella ve una vez más las estepas, al guerrero, la sangre. Ella se queja. No puede soportarlo de nuevo.

Él es tan comprensivo como insistente.

—Cambia lo que hiciste.

—¡No puedo cambiar el pasado!

—¿Según quién?

—Algo que ya sucedió no se puede cambiar. No tiene sentido.

—No lo tiene en una línea temporal. Cuando todo ocurre a la vez, nada podría ser más fácil. No hay pasado. Tú con el cuchillo en las estepas, tú con la yegua en el lago, tú con los pacientes en la guerra: todas son tú ahora. Son todas tú en el gran punto. Toca uno y los tocarás todos.

El anciano se agacha para tomar una piedra del suelo y la lanza al centro del lago. La onda se expande en círculos concéntricos y llega por fin hasta los pies de la mujer, así como a los pies descalzos del guerrero. A las piernas del guerrero se aferran una joven madre y su hijo, quienes miran su cuchillo, su temible sonrisa.

Las manos del guerrero sostienen el cuchillo; las de la mujer, la historia: se siente igual de pesada, igual de peligrosa.

—¿Qué debo hacer? —pregunta ella.

—¿Qué quieres hacer? —responde el anciano.

"Mírame", le ordena al guerrero, tan cerca de él como un milenio, tan lejos como un pensamiento. Él da media vuelta, desconcertado, inseguro del origen de la voz. Sus ojos se clavan en los de ella y un crepitar los recorre a ambos: el extraño reconocimiento del alma propia en el cuerpo de otro. Para sorpresa de la mujer, su compasión no se dirige a las víctimas, sino a alguien por completo distinto. "Todo va a estar bien", le dice. "Vamos a estar bien. No sabías, pero estás aprendiendo". Se le ocurre a la mujer que alguno de sus yo futuros podría estar observándola en el pasto mientras su hogar y su esposo se queman, dándole el mismo mensaje mental.

El guerrero se detiene de golpe. ¿Compasión? ¿Qué es esto que le quita el filo al cuchillo? Mira a la mujer. En sus ojos brilla la respuesta. El guerrero coloca el arma en el suelo y se aleja de la madre y de su hijo. La madre se da cuenta de lo que sucede, de lo que no sucede. Aprieta al niño contra su pecho y se lanzan a correr, como ratones que escapan de las garras de un halcón.

La mujer, al presenciar la escena, sigue a la madre con la mente. La ve entrar de prisa a la casa y lanzarse a los brazos de su esposo. Sus palabras describen su presentación ante la muerte. Su rostro cuenta la historia real: "Lo único en que podía pensar era en ti, en la noche invernal de nuestro primer beso, tus pestañas enjoyadas con nieve, tu tacto convirtiéndome en primavera".

Su esposo exhala, aliviado. La carga que se levanta es indescriptible, inaccesible, ajena. Cuando el guerrero evisceró a su esposa e hijo, el vientre del esposo se llenó de odio y desolación. Esta vez, con el arma hecha a un lado y la familia intacta, no tendrá que tragarse el resentimiento, jamás conocerá su sabor punzante ni sentirá cómo corta la lengua. Es como si la mujer observara a una artista colocarse frente a un bosquejo a lápiz, borrando porciones de la imagen que ha creado y, con mano cuidadosa, dibuja algo más refinado.

Esa madre se convierte en madre muchas veces más. Aquel hijo y sus hermanos crecen y se multiplican con sus propias familias, y dan vida a generaciones que rebosan de vitalidad y florecen y se expanden y se extienden por la tierra y se derraman en los océanos y abordan barcos y llegan a nuevos continentes y construyen ciudades vibrantes y civilizaciones, y llenan hasta el último centímetro de la tierra con los hijos de sus hijos, todos productos del instante en que el guerrero bajó el cuchillo.

Toca uno y los tocarás todos.

Para el guerrero, el momento no es de nacimiento, sino de muerte: la muerte del guerrero dentro de sí. Algo nuevo crece en su lugar. Ahora sabe de compasión, aunque no sabe qué hacer con ella. ¿Con quién podrá poner a prueba el concepto? No hay nadie a su alrededor, salvo por el viejo árbol saxaul, desnudo de flores y de hojas. Tendrá que bastarle. Lo atiende, riega su tierra, le habla del sol y de la sombra. El árbol nunca ha conocido las flores. El guerrero le enseña de flores. Bajo su cuidado, sus raíces se fortalecen y multiplican. Hace un bosque de sí mismo para que los animales puedan tener refugio y los nómadas madera. Compasión. El guerrero le ha dado vida; ahora, el árbol devolverá el favor. Encuentra un gorrión hambriento escondido en un arbusto y deja caer su semilla para alimentarlo. Una semilla que es comida no puede crecer, pero el árbol está dispuesto a sacrificar su futuro por el del guerrero. Al igual que el árbol, el gorrión puede ofrecerle compañía. Contrario al árbol, puede ofrecerle también su canción.

El guerrero nunca ha visto a un ave así antes. Cada mañana escucha su concierto. Ambos intercambian melodías, aprenden los ritmos de los días del otro. La sed de sangre se convierte en sed de melodía; el guerrero se convierte en músico.

El ave recién conoce sus alas. Ha pasado otras vidas siendo brisas y corrientes; ahora debe aprender a navegarlas. Algún día volará con piernas en lugar de plumas, y el viento que alguna vez fue impulsará sus pezuñas y alborotará su crin. Y el guerrero, sobre su lomo, con cuerpo de mujer, sentirá también el viento recorrer su cabello al entretejerse con su arpa, mientras toca las canciones del gorrión con las cuerdas.

***

La compasión no es un acto de caridad, sino la cascada que el acto crea.

La mujer imagina que el guerrero no se aleja de la madre y su hijo, ni se desprende del impulso violento. Al hacerlo, la cadena de eventos se detiene y se revierte: generaciones enteras sobre el barbecho, un esposo solitario ahogándose hasta morir con un pedazo de ira atorado en la garganta, el guerrero que nunca conoció al gorrión ni a su canción.

—¿Y si no los hubiese matado y hubiese, en cambio, violado a la madre frente a su hijo, o robado todo lo que poseían, o simplemente gritado y seguido con mi camino? ¿Habría todo cambiado también?

—No de forma tan drástica —le dice el anciano—, pues cada una de esas acciones proviene de la crueldad, y la crueldad es crueldad, el grado es menos relevante que la sustancia misma. Pero no necesitas salvar o perdonar una vida para crear una reacción en cadena. Puede comenzar con algo tan sutil como darle semillas a un gorrión hambriento, o tan sencillo como dejarte tomar por los brazos amorosos de tu familia —la cascada, al oír sus palabras, fluye hacia adelante una vez más. Él la observa con una expresión de anhelo—. Si tan sólo la gente comprendiera cómo cambia la tierra con la bondad.

Los pensamientos de la mujer también fluyen hacia adelante. Podría dejar el cuchillo y cambiar el cauce de una vida. ¿Sería posible hacer lo mismo con un cerillo?

—Si podemos cambiar lo que está hecho, puedo entonces detener la vela que encendió mi hogar o nunca encenderla.

—Sí —dice él—, pero no necesitas hacerlo. Hay un mundo en el que ya has hecho esas cosas. Hay un mundo en el que la electricidad no muere y no hay vela que caiga antes de que la detengas. Y en esos mundos, tu esposo y tu hija están más que vivos.

***

El anciano se hinca y arranca una margarita de su cama de pasto. Cada pétalo que rodea el corazón amarillo —que para la mujer parecen ser incontables— carga una única gota de rocío.

—Toma una decisión —le dice él—, y el universo se parte en dos. En un universo has escogido la primera opción; en el otro, la segunda. Actúa en los universos resultantes y ellos también se dividirán. Todos los universos ocurren al mismo tiempo, paralelos y, al mismo tiempo, a mundos de distancia. Todos ellos devienen en resultados únicos, o tal vez no. Todos ellos son tu realidad, ninguno lo es menos que los demás.

La mujer ha visto de primera mano cómo puede fragmentarse un mundo, cómo puede dividir una vida en soledad, una mujer en viuda. El antes y el después, la fuente y la astilla. Pero, ¿habitarlos ambos? No puede ser. El original, aquel con la felicidad, yace roto en demasiados pedazos.

—Digamos que te vistes una mañana y te pones un dije dorado —el anciano le arranca un pétalo a la margarita y se lo entrega a la mujer. La gota de rocío que tiene encima es como una bola de cristal. Adentro, la mujer se mira cerrando el broche del collar—. O decides no usar nada en el cuello salvo perfume —le entrega otro pétalo y, en éste, ella ve que su cuello está desnudo. La mujer le devuelve ambos pétalos al anciano. ¿Dos universos distintos? Lo único que ha cambiado es su joyería—. Mira con más atención —le indica él.

Ella estudia el primer pétalo. Se ve con el dije, entrando a un mercado, esperando comprar cilantro y clavo. El tendero avista el oro en su cuello. Hace que sus ojos destellen.

—Mi abuela usaba un collar como el suyo —le dice—. Mi abuelo se lo dio el día de su boda. Guardaba un mechón de cabello adentro y, una noche, cuando me arropó en la cama, me dejó tocarlo. Fue lo más cerca que estuve de abrazar a mi abuelo.

La mujer permanece en el mostrador, conmovida tras ser invitada al interior del recuerdo. Comparten una sonrisa. Le agradece al tendero, sale de la tienda, vira a la derecha y se enfila a casa.

Su atención se dirige al segundo pétalo. Ahora no usa el dije; entra al mercado y espera a hacer su compra. El tendero le asiente y no dice nada. Ella deja la tienda y vira a la derecha, lo que sucede, en esta ocasión, unos minutos antes que en la anterior y resulta suceder también en el momento preciso en que un autobús se monta en la acera y la atrapa bajo sus ruedas.

—Una forma un poco dramática de validar tu argumento —bufa la mujer.

El anciano ríe y le entrega otro pétalo.

Ella se ve a sí misma bajo las ruedas. Con esfuerzo suficiente, podría intentar jalar su cuerpo para escapar, pero ello requeriría más de lo que tiene. Se da por vencida. Su vida se escurre junto con su sangre.

La mujer lanza el pétalo al suelo. La yegua, curiosa, olisquea el mundo descartado.

Un pétalo: ella intenta salir por debajo del autobús. Una ambulancia llega a terminar el trabajo. La lleva a un quirófano, donde los cirujanos la suturan. Con la salud restaurada, la dan de alta del hospital. Sale por la puerta principal, mientras un doctor entra; chocan. El doctor la ayuda a ponerse de pie. La mira. No puede apartar la mirada. Ella no suelta su mano. Se casarán, se iniciarán en la sociedad secreta del amor y morirán décadas después de haber dominado sus incontables misterios.

Otro pétalo: Con la salud restaurada, es dada de alta del hospital. Sale por la puerta principal, un doctor entra; chocan. El doctor la ayuda a ponerse de pie. La mira. Aleja la mirada. "Fíjate por dónde caminas", farfulla. Ella suelta su mano.

Un pétalo: El doctor que ha ignorado el amor se muda a una cabaña aislada en la campiña. Desconectado, insatisfecho, no sabe qué hacer con sus horas vacías; las llena entonces de licor. Bebe hasta morir antes de tiempo.

Otro pétalo: El doctor que ha ignorado el amor se muda a una cabaña aislada en la campiña. Desconectado, insatisfecho, ocupa sus horas vacías en trabajar y descubre así la cura al cáncer. Millones de personas que no habrían existido, ahora lo hacen.

Un pétalo: Una paciente de cáncer no recibe la cura a tiempo y muere.

Otro pétalo: Una paciente de cáncer recibe la cura a tiempo y vive.

Un pétalo: La paciente que alguna vez tuvo cáncer y ahora no lo tiene se viste una mañana y se pone un dije dorado o no usa nada en el cuello salvo perfume.

Por cada pétalo que el anciano arranca, uno nuevo toma su lugar de inmediato. La flor que tiene en sus manos es sólo una de una interminable guirnalda de margaritas. Las coloca alrededor del cuello y los brazos de la mujer, la cubre con flores imposibles.

—Eso es lo que sucede sólo si viras a la derecha. Si hubieses ido a la izquierda… —dice, y las margaritas se reproducen, hay margaritas por todas partes y cada pétalo es uno de incontables mundos que giran alrededor de un mismo sol.

—Muchas yo, un tiempo —responde ella, y su mente se divide junto con el universo.

**

La mujer reposa en el pasto. La yegua yace a sus pies, el arpa en sus manos. Abre *Lecciones musicales* y lee, con la esperanza de encontrar una nueva pieza para practicar, pero sólo encuentra una instrucción básica:

Toca una nota.

"¿Toca una nota?", piensa ella. Antes, apenas si podía lograr que su mente y sus dedos comprendieran las complicadas melodías del libro. ¿Ahora se ha convertido en una introducción?

Éste es un ejercicio de composición, no de interpretación.

Aún escéptica, puntea la cuerda de La. El sonido rebota por el lago y llega hasta los espíritus plateados en la ribera, quienes se congelan al escucharlo. Les recuerda a la tristeza. Habían olvidado la tristeza. Sin cuerpos humanos, sin vidas humanas, la pena es inaudita; las lágrimas, como toda el agua, se secan en cuanto se asoman por la superficie del lago. La música la vuelve a materializar. Los atraviesa como un fantasma —invisible, insidiosa— y los acecha con sentimientos enterrados hacía mucho. El sonido es, en ese sentido, sobrenatural. Resucita el corazón, trae recuerdos de entre los muertos.

Al igual que esas almas en pena, el universo acaba de ser desgarrado. En uno, la mujer toca Re, lo que hace que sus escuchas sollocen. En otro, toca ambas notas juntas, y en otro no puede decidir qué tocar y termina por no tocar ninguna, y el universo se divide de nuevo, pues no tomar una decisión es tomar una decisión.

Ella toca otra nota. Y otra. El universo se divide…

Y se divide…

Y se divide…

Ésa es sólo una nota. Imagina una canción completa.
Ésa es sólo una canción. Imagina una vida entera.

Su mente echa un vistazo al infinito pero, una vez que lo avista, éste se aleja chapoteando. Tal vez la instrucción no era tan básica como había creído. Tal vez la sinfonía entera resida dentro de la única nota.

Existe una teoría que explica cómo todos estos universos llegan a ser.

Ella lee sin dejar de tocar; las yemas de sus dedos acarician el arpa, invocan nuevos reinos.

Se llama "Teoría de cuerdas".

***

La música es un universo de sonido; se expande y se divide todo el tiempo. Las composiciones se tallan en movimientos y pasajes. Una nota blanca deviene negras, semicorcheas: el mismo tono, pero con duraciones distintas y efectos diferentes. Una armonía de múltiples notas, un contrapunto de múltiples melodías, una orquesta de múltiples instrumentos: esferas separadas que tocan en paralelo.

Un compositor debe crear orden de esa desahuciada profusión de ruido. Tocar todas las notas al mismo tiempo

—un punto enorme que todo lo abarca— produciría caos. Tocar una sola nota produciría silencio. Pero, separarlas con arte, con la medida del tiempo, eso produciría una obra maestra.

Así pues, el compositor divide la pieza en medidas y métrica. Las notas están contenidas dentro de compases; se les dice cuándo vibrar y cuándo callar, cuándo atacar y cuándo decaer. Se les otorgan límites finitos. "Tú durarás ocho alientos y no más". Para ellas, el tiempo es fijo; para el compositor, es fluido. Ella podría acelerarlo, ralentizarlo, convertir el doble tiempo en triple tiempo o una marcha en un vals. Ella sabe que la belleza no reside en la duración de la nota, sino en el sonido que produce mientras dura.

Tal vez, piensa la mujer, nuestra compositora ha hecho lo mismo con nosotros. A fin de que la eternidad no sea demasiado larga y el infinito muy fuerte, impone medidas en nuestra existencia, la divide en años, generaciones, encarnaciones. Contamos compases y cumpleaños. Emergimos de entre el silencio y nos desvanecemos en él de nuevo. No es un castigo ni una maldición más de lo que es asignarle una métrica a una canción. A fin de cuentas, si no hay un ritmo, ¿cómo puede haber baile?

No lo hace para que suframos. Lo hace para que seamos música.

⁎

—Hay un mundo en el que tenemos esta conversación y un mundo en el que no —dice la mujer.

—Y el mundo en que la tenemos surge del mundo en que tu esposo muere. ¿Nos habríamos conocido, de otra forma, si la aflicción no te hubiera hecho dejar tu casa y aventurarte en el bosque? La pregunta es capciosa, por cierto —el anciano se sienta junto a la mujer sobre el pasto y deja que su mirada vague por el tiempo—. ¿Y si tu esposo hubiese vivido, y una tarde, mientras lavabas la ropa y salías a colgarla del tendedero, un jabalí tomaba su suéter amarillo y tú corrías detrás de él porque era su suéter favorito, y perseguías al jabalí por el bosque hasta alcanzarlo, y cuando tomabas el suéter de su hocico veías que estaba cubierto de tierra y pelo, y decidías enjuagarlo en el lago cercano, que era, por supuesto, el lago del tiempo, y ahí estaba yo, esperándote? Hay ciertas personas a las que debes conocer, sea por duelo o por jabalí o por algún otro designio del destino. Claro está que lo que hagas con ese encuentro depende de ti.

Eso debe ser, piensa la mujer, pues, ¿cuándo no encontró a su esposo en las aguas del tiempo? Puede virar a la izquierda o a la derecha y encontrarlo, sumergirse en sus sueños o en el lago y encontrarlo, disfrazarse en el cuerpo de un cazador o el cuerpo de un loto y aún encontrarlo; entonces la pérdida no es más que una ilusión, un acertijo creado por ella misma.

La emoción le acelera la sangre. Hay un universo en el que él escapa del humo antes de que éste lo sofoque. Un universo en el que la puerta de la cocina se cierra en silencio. Un universo en el que no lo hace, pero en el que ella ve la flama y corre a enderezar la vela caída, la familia caída. Un universo en el que él y su hija viven, o uno en el que él vive y su hija no, o la hija vive y él no, o ellos viven y la mujer mue-re. Hay indecibles dimensiones en las que están juntos; sin embargo, su conciencia sigue inamovible dentro de la que están separados. ¿Y si eligiese habitar otra? ¿Es eso siquiera posible? Ahí viene el infinito de nuevo, de entre las sombras de su mente, para anunciar su presencia.

El anciano pasa las manos sobre las nubes. El sol cae entre sus dedos y el azul se convierte en negro. La luna y las constelaciones se apresuran a tomar sus posiciones en la oscuridad.

—Imagina que una única estrella, rodeada de millones de sus hermanas, se creyera la única en todo el firmamento —con sus palabras, todo desaparece, salvo una por un diminuto y parpadeante orbe, insignificante en la vasta nada del espacio—. Tú sabes que está equivocada, pues has visto las otras. Sólo porque las estrellas no sean visibles no significa que no estén ahí. Si tan sólo la estrella se diera cuenta de que es parte de una galaxia… —al decirlo, la noche se ilumina una vez más.

La mujer enmudece con las posibilidades y mira las estre-llas arremolinarse por los cielos en los ojos del anciano. Para cuando las percibe, para cuando dice sus nombres, algunas se han extinguido ya. Las más delicadas apagan sus luces con suavidad. Otras, ansiosas de verse anuladas, colapsan en un agujero negro más profundo que cualquier cosa que ella haya conocido, tan sólo para encontrarse navegando la Vía Láctea y renacer como estrellas nuevas, o lirios, o la mujer. Ella está en un punto en el futuro que aún no exis-te, contemplando esos hermosos cuerpos que hace mucho dejaron de ser. Es luz después de la muerte, vida después de la muerte.

El tiempo no es un enigma tan complejo. Su solución está justo ahí. Y la muerte no es un obstáculo inconquistable, y no está hecha de piedra. Ésa es sólo la perspectiva de alguien que se ha aislado en una caverna de dolor. El cielo le ha estado mostrando la respuesta desde el inicio. ¡No hay final! Ni siquiera los seres más inmensos del cosmos podrían extinguir la vida. ¿Qué le hizo pensar a la mujer que ella tenía ese poder?

El anciano toma las manos de la mujer entre las suyas. Conforme lo hace, la tierra tiembla y se divide a sus pies: una decisión acaba de ser tomada.

—Supongo que, en un mundo, te dejamos —dice ella.

El anciano sonríe y responde.

—Es momento.

El lago se aleja en un velo de niebla y, después, él también desaparece dentro de ella, dejando a la mujer y a la yegua solas en el claro. Ella le da un pequeño empujón a la yegua, la lleva en la dirección contraria al bosque que las llevó hasta ahí. No hay retorno ya.

Pero, curiosamente, eso no la asusta.

—¿Qué hay que temer? —le dice a la yegua, quien camina con cautela sobre las hojas caídas, reacia a apoyar la pata lesionada. La mujer no tiene dicha vacilación. Sus pies y su mente se disparan hacia adelante—. Eres inmortal. ¡Lo he visto! Mi esposo, te encontré a ti también. El rey y la reina me dijeron que no podía mirar atrás para verte, y es cierto: no puedo mirar atrás. Y no puedo mirar hacia el frente. Sólo hay aquí, sólo hay ahora; y tú estás aquí, ahora lo sé. No me lo estaban advirtiendo. Me lo estaban enseñando —está alegre; sus palabras vuelan por los aires. Flotan hacia las estrellas, que las escuchan hace un trillón de años—. No hay tal cosa como la muerte, y no puedo morir. Tan pronto como termina de enunciar esas palabras, pisa una serpiente; la serpiente la muerde y ella muere.

LECCIÓN 9

Sobretonos

UNA PLAYA. UN OCÉANO TAN PLATEADO COMO SU ESPÍRI-tu. Nubes hundiéndose en el mar; el mar que asciende para convertirse en nube: la misma agua que fluye entre cuerpos. Las olas rompen y se reconfiguran. Los esqueletos de los caracoles renacen como conchas. Los esqueletos de las conchas renacen como arena. Muerte y nacimiento, flujo y reflujo, una marea sin fin.

La mujer está de pie en la orilla. La espuma le mordisquea lo dedos de los pies. Sus pies son pequeños, sus pisadas poco profundas. Son suyos y, sin embargo, le pertenecen a una niña pequeña, una niña pequeña de hace muchos años. Está dentro de un recuerdo que no recuerda, a pesar de que éste ha estado ahí todo el tiempo, callado y paciente, esperando su retorno.

El océano es cálido y relajante, como lo es el sonido de su madre que la llama por su nombre. Atraviesa la orilla y el agua para llegar hasta los oídos de la niña; cruza décadas y muerte para llegar a los oídos de la mujer. La madre mira una ola que se acerca, henchida de furia, y amenaza con ahogar a la niña con su rabia hirviente.

—Ven, ven —le grita a su hija con preocupación.

Pero la niña observa a una gaviota que desaloja y devora a un cangrejo ermitaño; está invocando los nombres mágicos de las conchas —alas de ángel, diente sangrante, garra de león, oreja de bebé—, y nada puede sacarla de este momento.

La ola se acerca. Su padre se apresura, la toma y la eleva por los aires, tan alto que ella siente que puede poner las manos alrededor del sol. Chilla con la emoción del vuelo y de su padre. Él está a contraluz; ella no puede verle el rostro. El rostro no importa; el rostro, de todas formas, cambiará. Lo que importa es lo que sí puede ver: la silueta del amor puro, aquello que te levanta hacia las nubes.

La ola se lanza hacia ellos. Fracasa al tomarla y recula con un rugido de frustración. El padre baja a la niña. Ella también es como la marea, sube y baja. Se anida en los brazos de su padre, prueba la sal en sus labios, oye los estridentes cantos del mar y de las gaviotas. Esto, comprende la mujer, explica por qué su alma se ha sumergido en el tiempo y el cuerpo: para experimentar el regocijo de los pies descalzos en la espuma, de caer de forma delirante en los brazos de quien se adora, de una felicidad tan poderosa que debe de escapar del cuerpo en forma de risa o hacer que el cuerpo estalle en pedazos.

Ahora lo siente de nuevo. Ahora lo sabe.

Ahora sabe que el cielo no está en otro lugar, sino en los momentos en que no hay otro lugar. Que la música es el sonido de la voz de su madre que la llama, y que no hay cuerdas que puedan replicar su esplendor. Que su madre, quien adoró al padre de la mujer durante incontables vidas, en esta vida eligió intencionalmente un cuerpo que se descompondría mientras siguiera vivo, mientras siguiera joven. Que eso era una oportunidad, no una tragedia; que el que él la cuidara era un reflejo del amor que ella sentía por él, no del amor que él sentía por ella. ¿Qué mejor lugar para que él descubriera la belleza del amor incondicional que entre la fealdad de la enfermedad? ¿Qué mejor manera de refinar su corazón que convertirlo en algo más fuerte e igualmente suave? Y cuando llega al fin el momento de tomar su último aliento, se encuentra, al igual que su hija, en esta misma playa, con la vida completa y la salud restaurada, ya sin enfermedad ni dolor ni pérdida, como si nunca hubieran ocurrido —y tal vez nunca ocurrieron—, pues están todos juntos de nuevo: ella, despeinada y radiante; él, que levanta a su niña pequeña tan alto como es posible mientras él se eleva también y se encumbra, más lejos, más lejos, hasta estar cerca del sol. ¿O es que él es el sol?

Sabe ahora que su madre —y su propio esposo y su hija nonata— abandonaron sus cuerpos por amor y que no son los únicos. Los caracoles lo hacen para que los cangrejos y los humanos puedan deleitarse con sus conchas. Sabe que el cangrejo es un maestro del amor, dispuesto a sacrificarse a la gaviota para proveerla, para alimentarla. Que los ojos del cangrejo brillan cuando se dirige a la gaviota: "Viví para poder morir, para que tú puedas vivir". Que lo que ella llama cangrejo no es más que materia divina contenida en un cuerpo pequeño y ladeado; que lo que ella llama muerte es tan sólo el tiempo que el cangrejo pasa entre caparazones.

Mientras otros se posan sobre su antiguo hogar y sollozan, el cangrejo se regocija por librarse del peso sobre su espalda. Mientras otros se obsesionan con el caparazón vacío, el cangrejo se dispara por el cielo, desnudo, ilustre y sin límites.

Ahora ella sabe que la ola se acerca con amor, no ira. Que la vida entera de esa misma ola —su nacimiento, su crecimiento, su muerte— está orquestada para llevar a la niña a los brazos de su padre, para darles ese baile juntos. Pues, de no volverse tan alta, ¿habría tenido el padre que levantar tanto a la niña? ¿De qué otra forma habría podido tocar las nubes? La ola sabe que atravesaría los océanos con ese propósito, para ese momento. Y cuando deja de ser necesaria, suelta su cuerpo hacia la orilla y muere con un glorioso suspiro de satisfacción, y el mar la envuelve en sus brazos y susurra, "Bienvenida a casa".

Ahora sabe —ahora recuerda— que morir no es más que llegar a este conocimiento: que todo, desde el principio, ha sido amor.

LECCIÓN 10

Canción de cuna

EL RECUERDO DE LA PLAYA SE DESVANECE, PUES ÉL TAMbién ha cumplido con su propósito. Las gaviotas se dispersan. El cangrejo es efervescente, como fuegos artificiales. El mar se abre para revelar un bosque de árboles que se arremolina alrededor de un cuerpo humano inerte que yace sobre el suelo.

Desde arriba, la mujer se ve a sí misma. Su cabello se desparrama sobre el piso de musgo, la tierra es su almohada. Su piel es camaleónica; muestra todos los tonos —rojo, púrpura— hasta asentarse en el gris. La yegua deambula en todas direcciones, cojeando, frenética. La ha perdido demasiadas veces a lo largo de los siglos. Conoce la muerte; se niega a la muerte. La yegua pierde cada vez más el control. La mujer no. Ella ríe para sus adentros. ¿Es esto a lo que la gente teme tanto? La vida diaria es mucho más aterradora. La muerte no es más que un gato casero; la vida es el león con el rugido ensordecedor, las fauces y las garras.

¡Ha muerto! Así de sencillo: murió. Siempre se había preguntado cómo sería, qué forma tomaría, y tener la respuesta definitiva es satisfactorio. De entre todas las posibilidades,

¡mordida de serpiente! Había barajado tantas alternativas distintas sin jamás reconocer ésta como su pareja legítima, aquella que esperaba guiarla en sus últimos pasos. Se había abocado a imaginarse encogida en una cama, el rostro devorado por la edad, la vida escapándose con un gentil suspiro. Pero, ¿no le había enseñado su esposo que la muerte podía hacerse presente de maneras inimaginables y con pirotecnia de adorno?

Se mira a sí misma por primera vez, por única vez. Es una sensación extraña, como pasar frente a un espejo inesperado y pensar, por un momento, que el reflejo es otra persona. Siempre había sentido apego por su cuerpo. ¿Cómo podía no sentirlo si era una presencia perenne? Pero, ahora que está a minutos de él, a millas de él, no siente nada. Ella es el roble, y el roble no se postra a llorar frente a la bellota que acaba de abrirse.

La yegua relincha con pánico. La mujer no lo oye; lo ve. Cada vez que la yegua abre el hocico, pequeños cubos se escapan y se montan unos sobre otros, forman una cadena de bloques que se estira hacia la mujer, quien está ya demasiado lejos. Toca el bloque más cercano a ella, siente el material. Está hecho de miedo; sus orillas son filosas y serradas. La cadena crece y se extiende mientras la yegua se aleja de su vista. Aunque le duele ver a su amiga angustiada, agradece distanciarse de tal miseria. Se pregunta si su esposo pensó lo mismo mientras se abría camino hacia arriba, si la observó tendida en el pasto, si sus gritos llegaron hasta él hechos de cuchillos y vidrio roto, y no sintió más que alivio por dejar atrás el dolor de estar vivo.

El cielo nocturno envuelve a la mujer, forma un océano a su alrededor, en el que ella nada. No flota tanto como se derrite. Se vuelve más y más pequeña hasta que es el pedazo más diminuto de sí misma, no más que la espuma que viaja por las olas. Deshacerse de los ajustados confines del cuerpo, convertirse tan en nada y tan en todo como el punto más pequeño de la espuma del mar, disolverse en el agua y convertirse, no en el clavadista ni en el clavado, sino en aquello en que se sumerge. "Ay, yegua mía", piensa, "si tan sólo pudieras saber lo que en verdad es la libertad". Qué egoísta fue en su dolor al invocar a su esposo a volver de aquí, al atarlo. ¿Por qué dejaría él esto?

Lo dejaría por ella.

Ella sigue condensándose, pasa de persona a partícula a nada. No tiene pensamientos, pues no tiene ser. Es la velocidad de la luz y es la luz. Y al convertirse en la luz, está consciente de ser la luz y el océano que la rodea, cuya oscuridad debe significar que es otro. Con esta noción, su conciencia se forma de nuevo. Sus piezas se unen de nuevo. ¿Por cuánto tiempo no tuvo conciencia? Un millón de años, la vida de una mosca. El staccato y la prolongación.

El océano se comprime y la compacta, moldea un cuerpo en torno a su luz. Pulsa bajo la presión, se contrae y se relaja con un ritmo primitivo de percusión. El tempo se acelera. Cada contracción la empuja más lejos, hacia lo que no conoce. Lo único que logra distinguir es un sonido que cobra fuerza mientras se acerca: la inconfundible música de la risa de una niña.

La luz y el calor y el banco de estrellas que nadan junto a la mujer son tan hermosos que ella comienza a sollozar.

Ahora comprende la verdadera razón por la que lloran los recién nacidos. Y si su muerte es, en efecto, un día de nacimiento, entonces el día de su nacimiento debe ser también un día de muerte: una despedida del mar, una separación de por vida de las estrellas. Esto, también, los hace llorar.

Todo estalla entonces en un fuego azul y blanco, cegador de la forma más placentera. La mujer no puede ver. No sabe si ha dejado de existir o ha comenzado a existir. Las enfermeras la toman por los hombros. El océano se vacía de su cuerpo y se desenvuelve de nuevo en el cielo. Es entregada a un par de brazos que han esperado mucho tiempo a tenerla. La risa que escuchó burbujea y se desparrama en besos sobre su rostro. Parpadea. Los ojos con los que se encuentran los suyos brillan con devoción.

Son los ojos de su hija.

Nunca los había visto, no en esta vida. La hija había tomado la dirección contraria, fluyó hacia arriba del arroyo y no hacia abajo, se levantó desde las profundidades del tiempo en vez de sumergirse en ellas. Pero la mujer alguna vez tuvo el cuerpo de su hija dentro de sí y lo conocía tan bien como conocía el propio. Además, el reconocimiento es un sentido que está más allá de la vista.

A la luz, se contemplan la una a la otra, y ambas son la hija de la otra y son la madre de la otra.

—Amor —dice la mujer, y la palabra, la primera que le ha dicho jamás a su hija, sale disparada por detrás de una represa de pena.

—Amor —responde la hija, envolviendo a la mujer con su sedosa suavidad.

—Pérdida —dice la mujer, y enrosca la mano alrededor de los dedos de la hija, sintiéndolos dentro de los suyos. La hija asiente y posa las palmas sobre el vientre de la mujer, sobre aquel dulce y aterciopelado hogar—. Culpa —continúa la mujer mientras baja la mirada. La voz se le quiebra al girar la cabeza—. Vergüenza —añade.

La desintegración de su hija ha sido un acertijo sin solución. ¿Por qué la muerte no excusaría algo tan puro? Su esposo al menos vivió algunos de sus días. Su hija no vivió ninguno y no tenía culpa alguna. ¿Dónde más podría residir la culpa?

La hija sabe que no es un acertijo ni un accidente, que ella es la causa y no el daño. Con gentileza, alza la barbilla de la mujer. La mujer mira a su hija —¿cómo pudo alejarse de ella, aunque fuera sólo un segundo?, ¿qué fuerza hay en la vergüenza, en darle la espalda a quien se ama?— y observa el tiempo que se despliega en sus ojos. La mujer se ve con su esposo sobre una cama que brilla con la luz de la luna. Ve cómo un beso abre las compuertas, le concede permiso a un alma para entrar en la otra. Escucha la canción que ella canta en su oído, la canción que él canta dentro de ella: cómo sus cuerpos son exquisitos instrumentos que, con el aliento, los labios, los dedos, también puede hacerse cantar; cómo, al tocarse juntos, la música que hacen está escrita en clave de Dios. Sus cuerpos permanecen en la cama mientras sus espíritus se elevan y se acercan a una criatura plateada que está parada afuera de un lago, tan cerca que casi pueden tocarla. En cambio, es la música quien la toca. La criatura se mesmeriza con ella; sabe que la melodía es para ella.

La llama al agua. Entra y se desliza por el tiempo en busca de la fuente de su canción.

Entra al tiempo y, sin embargo, no pertenece a él. Entra a la madre, pero tampoco pertenece a ella. La inercia crece dentro del lago. El tiempo cobra forma, crece más aprisa. También lo hace su cuerpo. La corriente toma velocidad. Arrastra a la criatura y fluye de manera sempiterna hacia adelante para llegar al mar abierto del cielo nocturno. Ahí la deja para nadar entre las estrellas con los demás bebés por nacer, todos aquellos dispuestos a intercambiar sus alas por sabiduría.

La mujer siempre ha sabido del cordón que ata al bebé con la madre, pero no del cordón que ata al bebé con el cielo. Así es como los seres se trasladan entre estrellas y vientres, de un hogar temporal a otro. Revolotean por el cordón hasta que nacen; entran y salen de sus madres cada noche, diáfanos como un sueño. Mientras tanto, las madres trabajan duro mientras duermen, tejen en silencio los huesos de los bebés, bordan patrones de vasos y venas, y cosen las células. A veces el material se desgarra, las costuras truenan. Un bebé se prueba un cuerpo y le resulta insoportable. "No, esto no servirá. Mi luz se fugará". Debe hacerse uno nuevo desde el principio. Y así, con ternura, con tranquilidad, corta el cordón y vuela a otra parte. O el cuerpo está bien, pero el bebé no está destinado a ser bebé: es un maestro. O puede ser la madre quien corte el cordón para soltar al bebé y permitirle volver a las estrellas y al lago, donde descansa en su ribera, en paz y libre. En este caso también el bebé suele ser un maestro.

La hija lleva a la mujer a las profundidades de su mirada, y la mujer ve que la hija no es una niña; es anciana, más vieja que la mujer, más vieja que el fuego. Una cálida noche de verano vio a la mujer gritar, a la casa quemarse y al esposo elevarse como una pluma de humo, y descendió por el cordón para averiguar de qué trataba la conmoción. Ella y el esposo se encontraron por un instante en el aire; él subía, ella bajaba.

—Amor —lloró él mientras pasaba alrededor y a través de su hija.

—Amor —coincidió ella mientras se apresuraba a entrar en él.

Él miró a su esposa sollozar sobre el pasto.

—Compasión —dijo, y no fue una descripción, sino una instrucción.

La hija sintió la palabra, su tejido de pluma, y supo lo que debía hacer. Apretó del cordón hasta que cedió, y volvió por cuenta propia al cielo para guiar a la mujer desde arriba y no desde adentro. ¿Compasión al dejar de ser su hija? No, compasión al convertirse en su Estrella del Norte.

—Amor —le dice la hija a la mujer.

Su voz es insistente, casi suplicante. "¿Qué no los ves?".

Mientras la hija toma a la mujer en sus brazos, la mujer toma a la hija en sus brazos. Son una; nunca han sido otra cosa. La mujer misma estuvo parada en las riberas del tiempo mientras buscaba oír dos voces en armonía. Las piezas de su cuerpo se tejieron juntas y un pequeño huevo se cosió a la tela. Dentro de la tela estaba su hija, alguna forma intrínseca o fragmento de ella. El duelo no es algo que pueda

—o deba— separarse de ella: es un sinsentido. Madre e hija jamás han estado separadas. La hija siempre ha estado en la madre, ha sido parte de la madre, incluso cuando la madre es la hija. La madre ha cargado a la hija por siempre. Y la muerte es impotente, insignificante frente a la eternidad.

La mujer bosteza, exhausta de morir, exhausta de nacer. Lucha contra el sueño; no quiere perderse un segundo de su hija. Ha perdido demasiados ya. No puede arriesgarse a despertar y encontrar que el más celestial de todos los universos de su hija ha desaparecido frente a sus ojos.

La hija coloca las manos sobre el corazón de la mujer y tranquiliza su nervioso palpitar.

—Amor —canta, y ésa es la única letra en su canción.

La mujer busca la palabra, la lleva a su mejilla y hunde el rostro en su calor. "Memoriza cómo se siente", se ordena. "Arregla su textura en notas. Tócala y deja que nos toque. Enséñales a otros ésta, la más bella de las lecciones: que la muerte es una canción de cuna".

Pero ya no hay lecciones, ya no. No hay nada que memorizar. Todo lo que existe es su hija, con quien tiene una eternidad por delante. Y una vez que entiendes que tienes la eternidad, la memoria —su vulgar reemplazo— deja de ser necesaria.

El pensamiento la relaja.

—Amor —murmulla mientras se desvanece, somnolienta por la dicha, perdida en las nubes de la voz de su hija.

Cae en un sueño tan profundo que no se mueve siquiera cuando las enfermeras llegan a llevársela de los brazos de su hija.

LECCIÓN 11

Octava

LA MUJER SURGE DE UN HOYO DE GUSANO DE INCONCIENCIA. El calor se aleja. El amor, también. En su lugar queda un enorme abismo que se introduce, ocupa su campo de visión y lo llena por completo. Es tan negro como el cielo nocturno, aunque, contrario al firmamento, tiembla con una energía nerviosa. La energía se fija sobre ella, la invita a entrar, la devora por completo. Ella intenta desviar la mirada. La energía la sigue. No la suelta. Ella gira despacio la cabeza y, con suficiente distancia de por medio, descubre que está mirando el agujero negro en el ojo de la yegua, quien la mira de vuelta sin parpadear.

"La yegua." El pensamiento le trae una alegría breve. Luego, la alegría se convierte en algo más, en algo con dientes. "La yegua, pero no mi hija."

Es cómodo volver al cuerpo antiguo, de la misma manera que es cómodo hundirse en sábanas usadas. Pero nada podría ser más cómodo o suave que los brazos de su hija.

Los borrosos alrededores de la mujer comienzan a tomar forma. Uno se convierte en una mesa donde se encuentra *Lecciones musicales*. Otro es el arpa en el piso. Todo lo que importa está donde ella no está. Este lugar es disonante. Tiene esa cosa que la recorre. ¿Qué es esa cosa? Ah, sí, ahora lo recuerda. Es dolor.

El dolor de una niña que se le resbala entre los dedos una y otra vez.

El dolor de más interminables días vacíos.

La mujer se revisa los tobillos. En lugar de una cicatriz por la mordida, encuentra dos pecas en perfecto paralelo que la acompañarán el resto de su vida. Esa precisa palabra —vida— es otra herida perforada, una más profunda y más abierta. Si ella debe reanudar su vida, ¿por qué no han de hacerlo su esposo e hija? ¿Por qué está ella atada a este pesado cuerpo cuando ellos tienen permitido volar con libertad? Ni siquiera sus rezos logran ascender. Se le han roto las alas. No hacen más que caerse y yacer estropeadas a sus pies.

Mil y una veces ha soltado su pena, y ésta ha vuelto a ella mil más. No sabía que, como el universo, es capaz de clonarse; que la pérdida es un salón de espejos; que su rostro aparecerá sin importar a dónde mire. Ahora que ha tenido a su hija en sus manos, ha perdido cualquier deseo que pudiera tener de continuar su vida sin ella. La criatura como hormiga ha decidido quedarse rezagada, en el mar de estrellas, cautivada por aquello a lo que se resistió tanto tiempo. Ella añora unírsele, volver adondequiera que estuvo. Ser expulsada de ahí parece una maldición, una crueldad.

Para su amiga, sin embargo, es alivio puro. Los días de un caballo pasan distintos a los de un humano; galopan. La yegua no sabe cuánto tiempo ha pasado esperando a su lado, vigilando cada movimiento, dejando de lado los suyos.

Por cada momento que los ojos de la mujer permanecieron cerrados, la yegua mantuvo los propios abiertos. Ahora, al verla ponerse de pie, puede descansar. Coloca la cabeza, apesadumbrada por el sueño que ha sacrificado, sobre el pecho de la mujer. Por fin sus sueños tienen permitido correr libres y despreocupados, contenidos únicamente por la puerta de sus pestañas.

***

Una brisa recorre la cama, revuelve la crin de la yegua, jala y empuja las cortinas. "Ahora qué, ahora qué", susurra.

La mujer mira a su alrededor y encuentra sólo una sombra del viento.

—Me devolviste de entre los muertos —le dice a nadie, a cualquiera—. ¿Cómo? —la siguiente pregunta es aún más importante y misteriosa—. ¿Por qué?

La respuesta a ambas es la misma. La brisa corre junto al libro y alborota sus páginas. Se desliza entre las cuerdas del arpa y crea una tonada que la mujer no ha escuchado aún y que, sin embargo, le resulta familiar, tan parte de ella como una canción de cuna de su infancia.

La brisa entonces le acaricia los oídos y los abre. De inmediato, ella puede escucharlo todo: el zumbido de la vibración de las paredes, las camas, la gente; el agudo parloteo de las células dentro de su cuerpo; la armonía de los suspiros de la yegua, de sus ojos líquidos.

—¿Qué? ¿Qué es? —pregunta ella, pero la brisa ha hablado y se escabulle.

***

Su cuerpo ha sido restaurado. La yegua fue testigo del esfuerzo que ello conllevó, de cómo las enfermeras se pararon a su lado y cantaron al unísono sobre el tobillo. De cómo se zambulleron en las aguas del tiempo para evitar que la serpiente le desgarrara la piel. De cómo sus voces fuera de este mundo la encantaron con su canción y la convencieron de no atacar, pues sabían que donde hay música no puede haber mordida. De cómo las manos que la arrancaron de su hija fueron las mismas que se hundieron en su pecho y reiniciaron el ritmo de su corazón.

El corazón, el corazón; es ahí donde el verdadero trabajo comienza.

Ella no tiene idea de cómo revivir esa parte dentro de sí que aún permanece muerta. La muerte deja de ser una pregunta después de haber pasado por ella, después de haber nacido al otro lado de ella. La vida, entonces, se convierte en la pregunta. En particular, si lo único que deseas es volver al lugar donde se encuentra tu hija muerta, ¿qué te hace vivir? ¿Cómo se continúa construyendo una vida de la que ya no se quiere ser parte?

La mujer mira a su alrededor, como si las paredes tuviesen las respuestas. No revelan nada. Sus ojos se hunden, frustrados, y se encuentran con *Lecciones musicales*, abierto en la página marcada por la brisa.

"Canción de sanación."

Ella toma el arpa del piso. El simple esfuerzo es abrumador —morir es desgastante para el cuerpo, le pide todo—;

sin embargo, hay algo en la música que aminora el dolor incluso mientras lo provoca. Intenta tocar la pieza que tiene enfrente. La melodía pasa del papel a sus dedos y, cuando llega a sus oídos, no puede creerlo. Es la misma canción que el viento compuso al soplar entre las cuerdas.

La luz blanca gira entre sus manos. Y ya no son sólo sus manos. Las manos de su hija están sobre las suyas. Éste es el secreto de los grandes músicos: nunca tocan solos.

Un hombre yace en la cama de junto; escucha el sonido de cuatro manos que actúan como dos, de dos almas que tocan como una. La suya anhela unirse, pero su cuerpo inmóvil es incapaz de responder. Así que las notas van hacia él. Lo tocan. Lo llenan hasta volverlo de música, y él se da cuenta de que puede moverse, pues la música lo mueve.

Mientras observa la escena, algo que yacía entumecido dentro de la mujer comienza a despertar también. Ella da al hombre paralizado un baile. Él le da un propósito a la mujer paralizada. La canción de sanación es para ambos. "Es un milagro", piensa ella al mirarlo, pero un milagro es sólo amor en forma auditiva.

La mujer hojea el libro en busca de más. "Canción para flores casamenteras". Las notas duermen, están enterradas dentro de ella, pero al tocarlas florecen. Trepan por el enramado del pentagrama y se transforman en lotos; las flores silvestres florecen según la estación, los lotos florecen durante siglos. "Salmo", que significa *puntear las cuerdas del arpa*. Cada sonido que ella produce es sagrado. "Canción de un ave pequeña" (*Azulejo, azulejo. ¿Por qué eres tan azul? Porque comió una mora azul*). Y luego, pues el pequeño azulejo ha crecido: "Canción de un fénix nacido de las cenizas del fuego".

Las piezas que alguna vez le parecieron imposibles ahora se desdoblan sin esfuerzo por sus dedos. Las habilidades, los ejercicios, las lecciones, las vidas.

El baile de éxtasis se desenvuelve frente a sus ojos.

Ella volvió para dominar todas las piezas.

***

Cada noche, la mujer se sienta bajo los planetas y escucha su lenta y arcana música. Busca a su esposo en el firmamento y lo encuentra como una llamarada entre las nubes que enciende la oscuridad, un hombre hecho meteoro. Con los oídos liberados, ella lo escucha en todas partes. "Cántame una canción de amor", él le pidió alguna vez. Pero ahora es él quien le da serenata con un centenar de voces: el temblor de los álamos, un coro de saltamontes, el murmullo de las lloviznas de abril. Ella transcribe los sonidos en los márgenes de *Lecciones musicales*. Con la luz de las estrellas como su lámpara, la mujer se pierde en las páginas del libro, en los secretos de sus canciones.

Cada mañana camina por los pasillos del hospital campirano con su arpa; atiende a los enfermos y dolientes, a quienes no se libran de la muerte con tanta facilidad como ella. Y siempre hay más y más gente que se arremolina en busca de su ayuda: personas que se quejan y personas que sangran y personas con almas que se rehúsan a ceder o que permanecen conectadas con el más frágil de los hilos. Atenderlos a todos tomaría años, pero la mujer tiene tiempo de sobra. Sus días, y pronto también su repertorio, son inagotables.

Algunos morirán, pues sanar no es necesariamente lo mismo que curar. La miran acercarse con miedo, esperando escuchar un lamento, y en cambio reciben una canción de cuna. Piensa ella que ésta debe ser la razón por la cual las enfermeras la salvaron y la obligaron a volver: para cantar las delicias de la muerte, para envolver con su reconfortante frazada los hombros de los pacientes. ¿Cuántas veces, a final de cuentas, había la muerte puesto su música a sus pies? ¿Por qué otra razón habría salvado a la intérprete si no para compartir su sonido?

Un hombre anciano llega, recargando sus extremidades sobre un bastón de madera y se desarma hueso a hueso mientras sube a una cama. La mujer se para junto a su retorcida pierna y lo ayuda a extender el cuerpo hasta quedar supino. Mientras sus manos se desplazan sobre él, desenredan sus articulaciones y obtienen acceso al sufrimiento almacenado en su interior. El movimiento que hace le recuerda algo que no logra identificar. Le toma un momento reconocerlo como el mismo movimiento que el doctor en la guerra usaba con sus pacientes. Es un recuerdo de un futuro ya vivido, un *déjà vu* a la inversa.

El hombre se agazapa como un feto; parece un bebé anciano. Para él, ella toca "Canción de amor". Toda la música deriva de ella. Es más antigua que la canción de dolor que cantó aquel lejano día en el bosque, pues el dolor sólo puede ocurrir si el amor lo precede. Sólo hay una letra, como su hija le ha enseñado.

La pieza no concluye; una canción de amor no tiene límites. Pero el hombre ha escuchado lo que necesitaba escuchar. Baja de la cama de un brinco y deja atrás el bastón.

***

La piel de una bebé está quemada e inflamada. La mujer comprende su aflicción, pues ella también ha quedado marcada por el fuego. Coloca un emplasto de cuerdas y canciones de cuna a la adolorida carne. La piel se calma. Los ojos, boca y aliento de la bebé forman una tríada de sorpresa. La imagen provoca que la mujer ría alegremente.

Risa. Ha pasado tanto tiempo desde que la yegua la escuchó hacer ese ruido. La melodía del sonido alivia su pata herida, y la molestia que acompañó cada paso dado desaparece ahora. Extasiada, hace cabriolas alrededor de la cama de la bebé. Caminar de nuevo es libertad, reír de nuevo lo es aún más.

El corazón de la mujer se eleva al ver a su amiga deshacerse del inútil dolor. La yegua mira a la mujer y siente lo mismo.

***

La mujer se encuentra con un cuerpo que casi no tiene un alma adentro. El cuerpo es tan viejo y está tan raído, que el alma pasa la mayor parte de su tiempo afuera, viviendo entre las estrellas y no debajo de ellas. Ni el cuerpo ni el alma se molestarán con lo que la mujer está por hacer.

Ella recolecta sus fuerzas y sume sus manos de luz blanca en el abdomen y extrae el ADN. Las hebras se enroscan en sus dedos y ella mira con asombro cómo la doble hélice se desdobla y yace plana en la palma de su mano. Una vez que es bidimensional, su forma es inconfundible: es un pentagrama. Cada nucleótido es una nota acomodada sobre una línea, cada par de bases un intervalo. La gente, descubre la mujer, no es nada más —ni nada menos— que una sinfonía.

Tiene en una mano las moléculas; en la otra, su arpa. Las combina entonces y toca la balada del cuerpo. Las primeras notas son plateadas y tienen forma de ave; entran y salen del tiempo habitual. El tempo se acelera. Los agudos de la infancia se profundizan en el bajo. Aquí está el jazz de las noches citadinas de un hombre joven, el blues de un anciano que despierta demasiado temprano, demasiado solo. Acordes, promesas y huesos rotos. Una repentina pausa en la pieza y el sonido deja de fluir; una repentina pausa del corazón y la sangre detiene su flujo. El cerebro mira al silencio. El alma mira a las estrellas.

Todo músico sabe cómo improvisar. La mujer estudia los genes y, después de pensarlo por un momento, elige un modo nuevo. Modula la escala, frasea las cosas de manera distinta. Ahora la música no le pertenece al hombre en la cama, sino a un halcón adentro de un huevo. La mujer escucha las decididas corcheas del halcón que picotea para salir, el falsete de su vuelo, la progresión de acordes del pequeño ser en un huevo que se ha convertido en el mandamás de los cielos.

"Cuatro notas", piensa ella, "para construir cada cuerpo, para componer cada opus".

Reacomoda las notas, las devuelve al humano. Elimina compases enteros y luego, con los dedos sobre las cuerdas, toca desde el inicio. El anciano cuerpo se transforma en un cuerpo joven. Se alarga y se alisa, se vuelve tan suave como la canción de la mujer. Mientras más toca ella, más rejuvenece él; se hace después más pequeño, hasta convertirse en el cuerpo de un recién nacido que toma su primer aliento. El alma deja las estrellas y vuela de regreso al cuerpo para ser ese aliento, y su vida —como su canción— comienza de nuevo.

***

La mujer y la yegua van de paciente en paciente. La yegua recarga su cálido hocico sobre los músculos que han olvidado cómo moverse. La mujer iguala el ritmo de los pulsos y las canciones. Regula los ritmos de los signos vitales y atiende cualquier síncopa errática. Su mano firme y su arpa mantienen el ritmo por quienes no pueden hacerlo. Sus tonos son un diapasón con los que las células de los pacientes resuenan. Y en las ocasiones en que sus espíritus se alejan para nadar en un destellante parche de cielo, ella los acompaña con su música, con sus recuerdos de aquella libertad flotante, y les canta Feliz Cumpleaños.

Un día, una enfermera se detiene a observarla. Al terminar la sesión, le da palmadas en el hombro a la mujer, complacida.

—Ahora comprendo —le dice la mujer—. Me preparo para el trabajo que haré como doctora en otra vida.

—No —responde la enfermera—. Te preparas para tu trabajo en la música.

El cálido contacto de la enfermera derrite a la mujer; sus miedos se evaporan.

—Sé que puedo quedarme aquí y pasar el resto de mis días cuidando a quienes sufren, así como haces tú. Pero, ¿es éste el que se supone que debe ser mi camino, se supone que ésta sea mi vida? ¿Dormir sola bajo las estrellas, soñar sueños que desaparecen, tocar la música de los demás y no crear la mía? Me preocupa no haber encontrado mi raíz, nunca encontrarla.

—¿Por qué te preocupas? Las notas que tocas no se preocupan por lo que viene después, sólo se permiten resonar. Confían en que la intérprete sabe cómo debe sonar la canción.

Los miedos, sin embargo, no dejan de fluir.

—Me preocupa sólo poder sanar a otros y no a mí misma.

—Sanar a otros —dice la enfermera— es otro nombre para sanarte a ti misma.

***

Una cantante de ópera y una copa resuenan a frecuencias distintas. La cantante eleva su voz, eleva el volumen. Cambia la frecuencia de sus notas, llega a las notas más altas que puede. Ahora, ella y la copa cantan la misma frecuencia. El cristal absorbe su energía y se destroza con la intensidad.

No soporta más ser lo que era: sólida, física, vibrante en soledad. Revienta de emoción para alcanzar un nuevo estado de su existencia.

Si un alma, como una cantante, decidiese elevar sus vibraciones y su volumen, crecer en amplitud, elevarse hasta resonar en la frecuencia del amor, ¿quién podría permanecer impasible en su presencia? ¿No se elevarían ellos a su nivel? ¿Podría el mundo contener tal magnificencia o se haría añicos con tanta energía y se partiría para dar lugar a algo nuevo?

**

Toca el La por encima del Do medio.

La mujer lo hace.

Esto se conoce como un La de Concierto. Es la norma para afinar los instrumentos. Tiene una frecuencia de 440 Hz. Ahora tócala una octava más arriba.

Sus dedos suben ocho cuerdas y puntean la nota.

Describe la diferencia que escuchas entre las notas.

No escucho ninguna.

Ese fenómeno se llama equivalencia de octavas. Las notas suenan igual, pero la segunda resuena a 880 Hz, el doble de la frecuencia de la primera. Son una sola nota que vibra en distintos niveles. Nombra esa nota.

La nota es un La.

Inténtalo de nuevo.

La nota es amor.

Cada nota es amor.

Puede tocarse en la octava del amor romántico, en la octava del amor familiar o en la octava más alta, la del amor universal, la cual suele estar más allá de la percepción del oído humano.

Enamorarse de otra persona, cantar juntos con tanta dulzura que el mundo entero quede atrás, ver los ojos de Dios al mirar a través de los ojos de un hombre: la mujer comprende que algunos seres adquieren un cuerpo sólo por esa razón. ¿No es ella uno de esos seres a fin de cuentas? Ella y su esposo han pasado eones haciendo música, sumergiéndose en el tiempo una y otra vez para continuar con su dueto.

Pero ésa es sólo una forma del amor.

Otros cobran vida para dar vida, para llevar el cuerpo de un niño y cargar con las cruces de un padre. Ella conoce esa forma también, pues ya la probó. Y no es una empresa pequeña. Algún día, el corazón y su tamaño evolucionarán y crecerán lo suficiente como para poder contener el amor de una madre. Hasta entonces se puede quebrar bajo la presión.

Pero ésta, también, es tan sólo una forma.

Una persona puede amar con locura los contornos de una montaña, las curvas de un río. El pincel o el misal en sus manos. La honesta mirada de su perro, las profundidades de la devoción en su mirada. La expresión depende del instrumento particular; algunos tendrán un rango limitado, mientras que otros pueden abarcar varias octavas. Esto no significa que uno sea inferior o superior al otro. Sólo quiere decir que producen sonidos distintos.

Llega un punto en el que el cuerpo llega a amar al todo tanto como al tú, y la vida no sólo ama a una persona, sino a todas las personas. No al hijo propio, sino a todos los hijos. No las vidas conectadas con esa vida, sino todas las vidas, pues todas las vidas están conectadas. Servir a cada alma, ya sea tocada en la octava de la hoja de maple, de la yegua, del hombre, a sabiendas de que todas están hechas de música, que son todas la misma nota —que sólo hay una nota que vibra a distintas frecuencias—, y que la nota tiene una belleza inefable e incomprensible.

Con suficiente práctica, la distinción se vuelve clara.
Forma un acorde compuesto por la misma nota en tres octavas distintas.

Con ambas manos, la mujer toca las tres notas: el amor romántico, el amor de familia y el amor más allá de los anteriores, que es un amor más allá de todo. Sus pacientes han estado escuchando y comienzan a cantar con ella. El coro de su compasión llena a la mujer de emoción y eleva su frecuencia. Quita los dedos de las primeras dos cuerdas. Tal vez esté bien que falten todas esas notas, que estén en silencio. Ella puede hacer el mismo sonido con la tercera.

La octava se conoce como el milagro básico de la música.

En realidad, es el milagro básico de la vida.

Con esto concluye la lección.

***

Felicidades.
Has llegado al final de libro.
Tus estudios casi concluyen.
Tus lecciones musicales se acercan a su fin.
Pero, primero, hay una pieza final que debes aprender.
Una vez que la domines, habrás terminado con tu tarea.
Es la canción que le dará significado a tu vida.
Es la canción que has estado buscando todo este tiempo.
Es la canción para tu alma.
Sigue leyendo.
Ya casi llegas.
La respuesta a todo está en la página siguiente.

LECCIÓN 12

Interludio

Así es cada una de las páginas que sigue.

La mujer pasa con furia las páginas restantes del libro, páginas vacías que no contienen instrucciones ni anotaciones ni canciones ni secretos.

—¿Dónde está? —exclama. La yegua no responde—. ¿Dónde está? —repite con insistencia.

Pero la yegua no puede responder. Sólo la mujer puede hacerlo.

Todo este tiempo ha viajado sin rumbo, huyendo de algo en vez de ir hacia ello: ahora el rumbo se despliega frente a sus ojos, listo para recibir órdenes. Encontrará al autor de *Lecciones musicales*, le dirá a ese desquiciado Anónimo que un libro, una vez comenzado, como un matrimonio, como una vida, no puede terminar con un silencio repentino. Una sonata requiere de su coda. El cisne necesita su canción. ¿Cómo puede el creador de algo tan bellamente insoportable como la música —como el hombre— no conocer la regla más básica?

La enfermera y los pacientes bajan la mirada y escuchan, pues la intención, como el sonido, viaja por el aire y crece, amplificada por la energía. Se congregan a su alrededor. La imagen de sus rostros preocupados la hace detenerse de golpe.

—¿Cómo puedo dejarlos? —le pregunta a la enfermera—. Necesitan de mi ayuda, de mi sanación.

—Sanarte a ti misma —dice la enfermera—, es otro nombre para sanar a los otros.

Uno por uno, los pacientes pasan a su lado y se despiden, le estrechan la mano, tararean la tonada que ella les ha enseñado, acarician el hocico de la yegua. Por fin, el último en la fila se aleja, y no queda nadie más a quien tratar y nada más por tocar. Les ha dado toda la música que tenía. Ahora debe encontrar la pieza faltante.

Debe encontrar la canción de su alma.

Sale del hospital con la yegua y sube a su lomo. La yegua galopa hasta que sus músculos piden aire; entonces galopa con más fuerza. El mundo exterior está cubierto de nieve y hielo, pero el interior de la mujer es una fogata; no de muerte, sino de vida. La enciende, enciende a la yegua debajo suyo y el hielo debajo de la yegua. A la yegua la impulsan sus patas renovadas, la euforia del movimiento libre de confines; a la mujer la impulsa algo más, algo interno, algo poco familiar.

Algo parecido a la esperanza.

***

¿Cómo encontrar lo que se busca si no se tiene idea de dónde buscarlo?

¿Puede el movimiento que no lleva a ningún lugar considerarse movimiento?

Los días corren juntos, o tal vez son un solo día, congelado en su lugar. El frío es tridimensional. Rodea a la yegua y a la mujer, y hace sombra a todos sus movimientos; es un compañero ineludible. Se agazapan juntas para mantenerse cálidas, para mantener encendido el fuego que arde en su interior. Los penachos de humo que exhalan son la única evidencia de que aún arde.

Continúan su cabalgata. Se detienen sólo para que la yegua beba de la nieve. La mujer mira a su alrededor mientras la yegua se llena de nubes caídas. En un árbol cercano, un águila duerme en su nido, sus párpados caen en cascada. En silencio, con suavidad, el viento se escurre entre sus plumas, las alza y las baja, una y otra vez. Ella mira estupefacta el silencioso ritmo de la tierra que inhala y exhala un ave.

En las alturas, Orión acecha las estrellas en busca de su presa. Su migración es constante; su caza, interminable. Noche tras noche, en vez de descansar, él persevera. A su manera, es como la mujer. Con cada año que pasa, sus piezas se separan y cambian de lugar. Con el tiempo, quedará informe, irreconocible. En ese momento, su búsqueda habrá de transformarse en una de sí mismo, de las partes errantes que habrán de completarlo una vez más.

En ese sentido también se parecen.

***

Su galope se ralentiza y se convierte en caminata; la caminata, en gateo; la esperanza, en desaliento. La tierra se desprende de su abrigo de invierno, pues hace demasiado calor como para seguirlo usando. Las hojas del pasto se elevan sobre su cuerpo como gotas de sudor. La naturaleza asoma la cabeza desde el subsuelo. El sol es parco en un inicio, pero luego se vuelve abrumador. Los grillos la arrullan hasta que concilia el sueño. La yegua y la mujer continúan su camino.

Una hoja se desploma y muere; las demás siguen su ejemplo. Las flores se convierten en escarcha, los arroyos en hielo, los osos duermen. La luna teje una red de meses a su alrededor; el sol cae en la trampa. Y el mundo le llama a esto invierno. La yegua y la mujer continúan su camino.

La nieve y las semanas crujen bajo sus pies. Los días se apretujan contra el rostro de la mujer y le dejan surcos. La gravedad presiona su espalda y contrae su espina. Su piel se ha vuelto tan frágil y pringada como el huevo de una codorniz. Y de alguna manera, a pesar de las dificultades, la yegua y la mujer continúan su camino.

Llegan, al fin, a un río cubierto de hielo. Podría resistir el peso de sus cuerpos, pero no su decepción. Podrían esperar a que se derritiera, aunque ello tampoco les ayudaría a cruzar. El río no es el gentil lago del tiempo; hay rápidos que esperan bajo la superficie y la hibernación les habrá abierto el apetito.

Es un callejón sin salida. No pueden avanzar más. Sólo queda retroceder sobre sus pasos, o eso piensa la mujer, sin darse cuenta de que retroceder también puede implicar ir hacia adelante.

La mujer cae de rodillas sobre la nieve y hunde el rostro entre sus manos. Debió haber permanecido en el hospital. Su vida tenía un propósito ahí. ¿Qué más daba si nunca encontraba el significado, su realización? Al menos no habría tenido que seguir buscándolo.

"He elegido el camino equivocado", piensa. "¿Por qué es siempre el camino equivocado?".

Pero impasable —incluso imposible— no es lo mismo que equivocado.

***

La mujer y la yegua cambian de dirección. Caminan a cualquier lugar, a todos los lugares.

La primavera se acerca al invierno, seguida de cerca por el verano. En la lejanía, en medio de una neblina resplandeciente, un movimiento llama la atención de la yegua. Es irrelevante, una nube de libélulas que cambia de curso en el aire. Pero para la yegua, que ha visto a la mujer morir, cada libélula es un dragón volador oculto; todas las cosas tienen el potencial de convertirse en serpiente. Resopla y mira, vigilante y ansiosa. "Debo contener esta amenaza y anticipar la próxima, o podríamos salir lastimadas".

La mujer es capaz de observar la situación desde una perspectiva más elevada, un mejor punto de vista. Sabe que las libélulas no se acercarán más y que no serían una amenaza si lo hicieran.

—Relájate —dice mientras acaricia la crin de la yegua, deseando calmar su miedo innecesario—. Estás más que a salvo. Todo está bien. Nada te hará daño.

En ese momento, un crujido del pasto, las mismas palabras en su oído.

***

Los días se acortan. La mujer se hastía.

Acompañarla a cada paso que diera: eso fue lo que su esposo le prometió, en cuerpo y sin cuerpo. Pero cuando no hay camino y los pasos son incalculables, ¿entonces qué queda?

—Por favor —le ruega ella—, guíame. En vez de estar detrás de mí, camina por delante. Llévame a quien conoce mi canción, mi fin.

Daría lo que fuera por ver huellas, rastros, alguna señal de él que ella pudiera seguir. Sólo los abedules, que tiemblan con el frío, le hacen sentir su presencia. Se han desgastado hasta no ser más que esqueletos, y sus huesudas ramas revelan nidos que alguna vez fueron hogares, pero ahora son sólo cascarones vacíos.

Ella lo ha visto ocurrir cada año, el acercamiento sistemático de la estación más cruda. Las hojas se sonrojan y se desvanecen, el viento muerde y punza, las aves desaparecen. Sin embargo, los días sin aves no significan que el mundo se haya quedado sin ellas; que no sean visibles no significa que dejen de existir. Tan sólo están en otro lugar, uno más cálido. Y siempre vuelven a tiempo.

Sería tonto llorar al ave que voló al sur; sería un crimen tomar sus patas y confinarlas al suelo. Entonces se debe preguntar por qué insiste en que su esposo camine a su lado. No puede seguir pidiéndoselo, no más. Es su turno de ir al frente.

"Devuélvemelo", insistió alguna vez. "Ahora, yo lo devolveré".

Vuelve la mirada hacia el cielo congelado.

—Vuela a casa —le dice.

Y, con el susurro de unas alas, se va; se eleva más y más hacia la luz, hasta convertirse en la luz.

***

La mujer deja de caminar y le indica a la yegua que debería hacer lo mismo. Toma su arpa. Cubrirá terreno de una manera distinta: avanzará con los dedos en vez de con los pies, con el espíritu en vez de con el cuerpo. La música lo permite; de hecho, lo exige.

Abre la primera página de *Lecciones musicales* y comienza a tocar el libro y su vida desde el inicio hasta llegar a las páginas en blanco que la enviaron a la caza de la canción que las llenaría. El arpa es un instrumento de traducción tanto como es un instrumento musical. Cuenta la historia de su dolor con otra voz, en la lengua de las cuerdas, donde la palabra para nombrar la pena es la misma que denomina la belleza.

Un sollozo emerge de entre las melodías, como si intentase armonizar con ellas. Los ojos de la yegua están secos, pues los caballos lloran con la cola, no con lágrimas. Debe venir de algún otro lugar. Debe venir de ella.

Su intención había sido invocar a un autor. En cambio, arrojó un demonio. Toda su ira y sus fracasos salen en forma de acordes, en un *glissando* que crea una espiral descendente.

Derrota, desesperanza: están hechas de plomo —grises, densas, peligrosas—, pero la música les otorga plumas. Al salir de su cuerpo y alejarse de él, la mujer, liberada de su peso, siente como si también estuviese a punto de alzarse por los aires. El sonido es tan poderoso como para lograrlo. Es casi tan poderoso como la música y a veces indistinguible de ella, pues mucho del amor es sonido y mucho del sonido es amor: el ronroneo de un gato, los arrullos de una madre, el latido del corazón de una novia. Y luego está el sonido más poderoso de todos.

La mujer asienta el arpa, toma el libro con ambas manos y, por última vez, estudia sus páginas vacías en busca de una respuesta. Pero no hay respuesta, y ésa es la respuesta. La música es el sonido que se esculpe desde el silencio. Por tanto, para encontrar la música, primero debe encontrarse el silencio. Es momento de quedarse callada. Es momento de descansar. Es momento de detener la búsqueda. Nunca encontrará lo que busca. Y es en este instante que por fin encuentra lo que busca, pues sólo es posible encontrarse cuando una deja de moverse y se queda quieta.

LECCIÓN 13

Crescendo

—Aquí estás —dice su ser superior—. ¿Por qué tardaste tanto?

La mujer está frente a frente con su propio rostro. Todos esos años, todos esos kilómetros, ¿fueron para buscar aquella cosa que estuvo con ella en cada lugar al que fue? De pronto, se siente cansada, siente que ha pasado toda la vida caminando en círculos. Como si el progreso sólo pudiera ser lineal; como si el círculo fuera un error y no una revolución.

—El hielo, la nieve, la aflicción... toma mucho atravesarlos.

—Si tú lo dices.

Asombrada y maravillada, la yegua se apresura hacia su nueva vieja amiga en busca de una caricia. La mujer, sin aliento por el cansancio, por la necesidad, azota *Lecciones musicales* en las manos de su ser superior, le muestra las páginas vacías de las que ya está muy al tanto. Fue ella quien lo escribió, después de todo; ella, una ladrona a la inversa, quien se escabulló en el granero una noche y lo escondió entre el heno para que la mujer lo encontrase y lo usara como

149

guía. Eso es lo que hacen los seres superiores. Se inmiscuyen en lugares sin iluminar, los incendian y dejan un rastro de cenizas tras de sí.

—¿Cuál es la canción que le da sentido a mi vida, la canción de mi alma? ¿Cómo es? —pregunta la mujer.

—Tú dime.

—Debo saber el final del libro.

—Escríbelo entonces.

¡Ésa es la labor de la autora, no del lector! La mujer se queda en silencio de nuevo, pero su silencio vocifera, frustrado.

—Tú eres la escritora de tu historia. Tú eres la creadora de tu canción —la mujer reconoce los ojos del ser superior como propios, aunque también son ajenos, más suaves, más profundos—. Tú eres una compositora, y la vida es tu obra maestra.

***

—Sígueme —dice el ser superior, avanzando a zancadas por los resbalosos campos.

La mujer se apresura para mantener el paso.

Caminan con la yegua trotado a su lado hasta llegar al río congelado.

—Es demasiado arriesgado —protesta la mujer.

El ser superior toma con calma la crin de la yegua y la mano de la mujer; juntas cruzan sin problemas. El hielo no se quiebra ni colapsa. No hay potenciales peligros cuando tu ser superior te carga. En sus brazos, no pesas nada.

Del otro lado del río, escondida detrás de los abedules, hay una cabaña a la que el ser superior ha esperado con paciencia que la mujer la acompañe. La yegua se queda afuera para competir contra las ráfagas de nieve que caen. Las otras dos entran. El ser superior hace un gesto para indicarle a la mujer que se siente en el escritorio de madera ubicado en el centro de la habitación; luego, coloca *Lecciones musicales* frente a ella.

—Anda —le dice, con una mano apoyada en su espalda—, termínalo.

La mujer toma un bolígrafo del cajón y lo apoya sobre el papel. Nada sale. Su mente está demasiado atiborrada como para que algún sonido fluya por la punta.

Levanta la mirada de las páginas.

—¿Cómo compongo la música?

El ser superior la contempla con expresión risueña. A veces nadie puede sorprenderte más que tú misma.

—Lo has estado haciendo todo este tiempo.

—Pero no sabía que lo hacía.

Ésa es la diferencia. Saber lo cambia todo.

—¿Tu esposo alguna vez te visita en sueños? —pregunta el ser superior, aunque conoce la respuesta, pues ha soñado esos sueños ella misma.

—Solía hacerlo —responde la mujer—. Desearía que aún lo hiciera.

—Entonces haz que ocurra.

—No puedo sólo "hacer que ocurra". Los sueños no están bajo nuestro control —tampoco lo está la vida, piensa ella: un esposo que murió como un regalo, una mujer que murió como un favor; la serpiente que detuvo su corazón, las enfermeras que detuvieron su muerte—. Nada lo está.

—Todo lo está. Por eso es tan divertido esto.

La mujer está consciente de que el mundo de los sueños es surreal, de que sus fronteras son fluidas. Aún no está consciente de que el mundo en que está despierta es igual. La diferencia es que quien sueña lo acepta, mientras que quien está despierto se resiste a ello. La primera deja de sujetar con tanta fuerza el espacio, el tiempo, la conciencia, el cuerpo; la otra se aferra con todas sus fuerzas. La primera se ajusta a la lógica del lugar en que se encuentra; la otra le impone su voluntad sin darse cuenta de que perder el control es obtener el control. La primera le muestra sus sueños cumplidos; la otra, disueltos.

—Cuando estás dormida y sabes que estás dormida —dice el ser superior—, estás lúcida. "Lúcida" significa ver con claridad: no sólo que estás soñando, sino que no hay nada que te restrinja además de tu mente. ¿Deseas volar? Lánzate a los brazos del cielo y deja que el viento te sostenga. ¿Deseas hablar conmigo? ¿Deseas leer lo que espera a ser escrito en tu libro? ¿Deseas aprender el idioma de la luna, contarle sus secretos a tu esposo, pasar cada noche junto a él?

—Sí —respira la mujer.

—Lo único que te detiene —dice el ser superior— eres tú.

***

Ahí estás, pajarita mía.

¿Estás aquí? Pensé que te habías ido.

¿Esa vieja cantaleta?

Supongo que es momento de una nueva.

Desde la noche del incendio, ¿cuántas veces he venido a ti en sueños?

Muchas.

Cuando despertaste, ¿cuántas veces me encontraste recostado a tu lado?

Ninguna.

Cada vez que he estado contigo, ha sido un sueño.

¿Es necesario echarle sal a la herida?

Y estoy contigo ahora.

Lo que significa que estoy soñando.

Sí.

Lo que significa que estoy consciente de que estoy soñando.

Sí.

Lo que significa que puedo hacer cualquier cosa.

¿Qué querrías hacer entonces?

***

La mujer no podría perder a su esposo, aunque lo intentara. Ella lo soltó y él volvió. Ella buscó en sus sueños y lo encontró dentro de ellos. Ella tocó sus canciones y lo encontró en ellas. La muerte no se lo había llevado; lo había multiplicado.

—¿Qué querrías hacer? —le pregunta su esposo noche tras noche.

Es como si él le ofreciese el universo y, en vez de tomarlo, ella lo trascendiera. La libertad es una cosa; la libertad con poder es otra completamente distinta. Las posibilidades son deliciosas, electrizantes. El mundo está abierto a lo que ella desee crear; es un mundo hecho de caucho en vez de acero, donde las familias crecen en lugar de desangrarse, donde ella no es una víctima, sino una diosa.

—Abre los ojos —puede oír que le dice su ser superior.

La mujer no obedece. ¿Por qué habría de irse cuando sus alrededores por fin son como los desea?

El ser superior espera; sabe que no hay manera de escapar de una misma. Sabe que la vida no es sino un sueño, y así como los sueños se derriten y transforman, también lo hace la vida. Un loto en un estanque florece para convertirse en una niña en un tren. La aleta dorsal de un pez se alisa en la crin de una yegua. Miedo, pérdida, dolor: éste es el material con que se gestan las pesadillas, pero las pesadillas sólo le ocurren a quien tiene los ojos cerrados. Estar lúcida no es estar consciente de que se está soñando mientras se duerme, sino estar consciente de ello cuando se está despierta.

De todas formas, el ser superior no puede ser quien despierte a la mujer. La mujer debe hacerlo; de otra manera, nunca podrá convertirse en el ser superior. Así pues, no hace más que sentarse junto a la mujer, tomarla en sus brazos y comenzar a cantar: —Azulejo, azulejo. ¿Por qué eres tan azul?

—Porque comió una mora azul —responde la mujer desde algún lugar en las profundidades de su sueño.

La conciencia es una verja por la que la música puede pasar.

También puede hacerlo un ser superior, el cual se escabulle a ese lugar sellado con un susurro.

—Pajarita —dice—, ¿qué te animará a picotear y romper tu cascarón? Si pasas demasiado tiempo ahí adentro, te sofocarás. ¿Cuándo verás que lo que te protege es lo mismo que te aprisiona? ¿Cuándo lo romperás?

Después de un tiempo, la mujer se mueve y las visiones que hasta entonces han sido su realidad inequívoca se desintegran. Intenta aferrarse a ellas, pero se le escabullen. Tal vez el ser superior tenga razón, piensa, y el mundo en vela es, en efecto, como el de los sueños. A fin de cuentas, el suyo no ha sido menos ilógico ni transitorio: lo cotidiano le da el paso a lo inusual; la gente se desvanece en el aire, se materializa a partir del aire; todas esas persecuciones, vuelos, muertes. Declaró estar a su merced sin reconocer que el mundo estaba a la suya, que la vida en realidad está hecha de arcilla y no de piedra. ¿Y si lograra poner las manos en él, moldearlo y darle una nueva forma? ¿Si pudiera alisar sus dolorosos contornos y verlo como informe en vez de deforme? ¿O si pudiera hacerlo a un lado y comenzar de nuevo con una pieza distinta? Se imagina pasando los dedos por la arcilla como lo hace con su arpa, produciendo algo hermoso a partir de algo gris. La luz blanca aparece. Las manos de su ser superior cubren las suyas. Trabajarán juntas.

La mujer acaba de empezar a tener sus sueños lúcidos. Ahora comienza su vida lúcida.

***

El ser superior abre una puerta y la mujer la atraviesa.

Al entrar a la habitación, la mujer ve un enorme conmutador telefónico que abarca toda la pared. Los cables no conectan líneas, sino la vida. Decisiones con sus respectivas consecuencias. Un paso con el siguiente. A sus ojos, es un enredo irredento de cables y alambres, imposible de desanudar.

El ser superior espera a un costado.

—Da un paso atrás —sugiere.

La mujer lo hace, y la distancia presenta el orden. Un extremo de uno de los cables está conectado a una entrada etiquetada "Fuego". El otro extremo cuelga suelto. La mujer examina las entradas vacías. "Regalo". "Lección". "Culpa". No necesita seguir buscando; sabe dónde va conectado el "Fuego". Es una ranura muy desgastada. Conecta el extremo suelto del cable a "Culpa". La acción es automática, reconfortante.

El ser superior ve que ésa es una mala conexión, una que crea estática. Habilita otras alternativas, como hacen los seres superiores.

"Perdón" y "Aceptación" emiten un brillo prometedor. Conectar el cable en cualquiera de ellas tomaría tan sólo un momento, un movimiento. Sin embargo, el esfuerzo necesario para atravesar esos pocos centímetros, para cerrar ese circuito, es tremendo. La mano de la mujer es capaz de hacerlo; su mente no.

El ser superior no entiende la reticencia de la mujer.

—¿Qué es lo peor que podría pasar?

—Podría no caber.

—Entonces sigues intentándolo hasta que lo haga.

Apenas si es capaz de fijar la mirada mientras prueba con ambas entradas, pero el cable entra en ellas con tanta facilidad como lo hizo en "Culpa". El cable no opone resistencia, ni tampoco la entrada, ni mucho menos el ser superior; la resistencia proviene de ella.

El conmutador se regenera; nuevos patrones se forman y surgen nuevos potenciales, pues lo que deviene de la culpa y la inocencia, de la falta y el perdón, no es lo mismo. Envalentonada, la mujer saca un extremo del cable de "Aceptación" e intenta liberar el otro extremo de "Fuego". No cede; ella no se detiene. El ser superior debe intervenir al fin.

—La decisión no era tuya —le dice.

"Aflicción" tiene su propio circuito. ¿Qué habría ocurrido si la mujer hubiese desafiado a la criatura como hormiga y hubiese permanecido dentro de su hogar carbonizado para siempre como una brasa humana que desfallece poco a poco? Desconecta el cable de "Ir" y lo inserta en "Quedarse". El conmutador se vuelve tan parco como habría sido aquella vida: sin conexiones, sin luz.

El suyo bien pudo ser un camino imposible, pero no fue el equivocado.

"Si tan sólo" se conecta con "Verso" o "Refrán".

"Canción" con "Paloma de Duelo" o con "Estornino".

"Guerrera" con "Mujer", "Mujer" con "Guerrera".

"Bellota" con "Roble".

El tablero se resuelve; el gruñido acalla. Una luz indicadora se enciende. Alguien llama.

La mujer no sabe qué hacer después.

—¿Cómo hago la conexión?

—Sólo da un paso atrás.

Ahora es capaz de ver con toda claridad cómo deben unirse las líneas de comunicación y, al conectar el cable, el canal que se abre es claro y perfecto.

—¿Quién habla? —pregunta.

—Yo —dice el ser superior.

***

—Sin duda, no es posible cambiar la vida con tal facilidad —sostiene la mujer.

Sin duda es menos permutación que prisión. El esposo encerrado en su ático, la esposa afligida e incapaz de huir, pues corta sus propias alas. La persona encarcelada por un crimen que no cometió o en un cuerpo que no merecía. Las celdas de la prisión, las células del cuerpo: sus paredes son sólidas, inescapables.

Cuando esto sucede, es imposible desconectar el extremo del cable. Está fijo en su lugar. Pero el otro extremo no puede quedar suelto. Debe estar conectado a algún lugar. La mujer pondera las conexiones. Cabe en la entrada de "Amargura", en la de "Rabia". Ay, qué bien cabe ahí.

—Da un paso atrás —dice el ser superior.

La mujer da un paso atrás y ve un espacio nuevo abrirse, una nueva posibilidad. La mente puede trascender los pensamientos y las emociones, puede incluso trascender la prisión. Es posible forzar al cuerpo a llevar grilletes, pero no al alma. Una vez que queda claro, la oración se completa.

—Da un paso atrás.

El conmutador es ahora uno en una hilera interminable. Uno le pertenece al prisionero, otro al celador, otro a la víctima, otro a quien cometió el crimen. Uno al virus y uno al huésped, al paciente, al doctor, a la enfermedad. Los cables están entrelazados, son inseparables, se entrecruzan una y otra vez.

—Da un paso atrás.

Víctima y victimario, prisionero y celador, juez y jurado: todas son la misma persona.

—Da un paso atrás.

Sacrificar una vida en cautiverio —renunciar a la libertad física por la libertad de la conciencia— es saltar por encima de muchas más. No es aprisionamiento; es lo contrario.

El cable que tiene en las manos se desconecta.

***

Es el invierno de la vida de la mujer y la nieve cae a toda prisa. Borra los campos y los cerros, entierra sus pasos, ensordece sus dolores. Todo es blanco: los huesos desgastados de la yegua, el cielo, las páginas finales que aguardan a ser llenadas. El ser superior le ayudará a hacerlo. Comparten el mismo pasado, la misma pluma, a pesar de que una es la intérprete y la otra es la conductora. Nunca es demasiado tarde como para componer música propia. No existe el envejecimiento, sólo el ascenso.

La mujer se sienta en un montículo de nieve con *Lecciones musicales* en el regazo. Relee un pasaje que la ha desconcertado desde la primera vez que lo encontró. Esta vez lo lee en voz alta para que el ser superior alcance a escuchar.

Crescendo.

La música crece de manera gradual hasta alcanzar un clímax y luego muere. Muchos consideran que ése es el final de la pieza. Es tan sólo el comienzo.

—Ah, sí, el *crescendo* —dice el ser superior—. Para comprender el concepto en su totalidad, debes primero comprender el momento más importante de tu vida. ¿Quisieras ver cuál es?

El aliento de la mujer se congela en su interior. El clímax de la música es a lo que aspira todo compositor, lo que anhela todo oyente. Debe ser la respuesta a sus páginas vacías, la respuesta a sí misma.

Aparecen imágenes sobre el suelo congelado; se forma una escena. La yegua se asoma para mirar más de cerca. La mujer mira también, esperando flores de boda, humo y cenizas, una mordida de serpiente. En cambio, se ve a sí misma de pequeña. La pequeña corre por el jardín, casi baila, pues en esa edad todo movimiento es un baile. Ve algo quieto y oscuro en el pasto, y se acuclilla para estudiarlo. Es un reyezuelo invernal, inmóvil salvo por sus ojos aterrados, su corazón salvaje. La niña está sorprendida de haber encontrado un tesoro así, caído del cielo. Lo envuelve con las manos. Sus dedos son cálidos, su tacto tan suave como las plumas del animal.

—No te preocupes, volverás a volar —le dice, confundiendo la verdad con la esperanza, como suelen hacer los niños.

Ambos, la niña y el reyezuelo, son diminutos, sentados ahí en el pasto, pero no hay nada pequeño en el amor que los atraviesa a ambos.

La escena se desvanece; el hielo vuelve a ser hielo. El ser superior aplaude con júbilo, pero la mente de la mujer está tan en blanco como la nieve que la rodea.

—¿Eso es todo? —dice ella.

—¿Eso es todo? —repite el ser superior—. Eso es TODO.

***

¡Un *crescendo* son cuerdas que se hinchan y tambores que relampaguean, no aves destrozadas! De todo lo que la mujer alguna vez hizo, ese acto fue el más importante. Pero, ¿qué podría ser menos importante que eso? Ni siquiera creó un recuerdo de aquel episodio. Voltea hacia el ser superior con una interrogante en la mirada.

Al ser superior le sorprende tener que explicar el amor incondicional. Amar a una criatura diminuta, amar a toda la humanidad, no hay diferencia. Amor es amor; el objeto no es el sujeto. Y nada es más ruidoso o poderoso.

—*Crescendo* significa crecer. ¿Qué crees que hiciste por el alma de esa ave? ¿Y por la tuya?

El pequeño reyezuelo no era más grande de lo que debió haber sido su hija, y ese amor había desafiado todo tamaño. La mujer sabe lo que se sintió haber estado en las manos de su hija. ¿Había sentido el reyezuelo lo mismo en las suyas? ¿Será que la vida no es más que una constante maternidad de todo aquello que pasa por sus manos? Qué raro ha sido su comportamiento: ha pasado días y días pariendo, criando y alimentando todo a su alrededor —a sus pacientes, a su yegua, a su música, a sí misma— mientras llora por no tener a su hija.

De debajo de la nieve surge la actividad; unas hojas tiemblan, y la escarcha cae para revelar al reyezuelo. Por supuesto, está sano y completo. Nunca tuvo otra forma. Sus heridas sólo llegaban hasta los huesos, su muerte sólo llegaba hasta su cuerpo. El reyezuelo tampoco era en realidad un reyezuelo. Era una oportunidad de compasión viva y jadeante que, a pesar de su temprana edad, la niña supo tomar en sus cuidadosas manos, mantener cálida, mantener con vida. Esto es lo que somos todos: oportunidades para practicar la bondad unos con otros, disfrazados de personas.

El reyezuelo sale disparado hacia adelante y hacia atrás, es más borrón que ave, y se detiene a reposar en el lomo de la yegua. Muda de plumaje. Su pico recula. Donde había un reyezuelo ahora hay luz, que crece en tamaño y fuerza hasta eclipsar el hielo, los ojos de la mujer, los cielos. El ser superior hace un gesto descendiente y la luz, tras la señal, se comprime en un pequeño corazón, un ser más grande que el sol reducido a un cuerpo del tamaño de una caja de cerillos.

—No confundas el contenedor —dice el ser superior— con el contenido.

***

—Un *crescendo* es un incremento de poder —continúa. La mujer cree que ya ha comprendido el poder. Sabe cómo crear mundos, cómo controlarlos. Pero ésa es la manifestación del poder, no su significado—. Subir de volumen, bajar de volumen, descubrir la fuerza en la suavidad: ésas son las formas de expresión en la música y son lo que conmueve a quien la escucha. La belleza nace de la dinámica —dice el ser superior—. El poder tiene sus propias dinámicas y también puede tocarse *forte* y *pianissimo possibile*, tan suave como sea posible.

—¿Poder suave? —La mujer suelta una risita.

—Sí, como la mariposa. Nadie espera que sea un petardo. De serlo, no sería una mariposa y devastaría las flores sobre las que se posa. Sin embargo, el poder inherente a ellas, el poder de aceptar los días oscuros (saber que es entonces cuando los cambios ocurren; librarse del peso del pasado y volar cuando toda la vida sólo ha sabido arrastrarse) es mucho más explosivo que cualquier petardo. La suavidad puede ser mucho más fuerte que la dureza.

—Conozco el poder de mi pérdida —dice la mujer—, y la fuerza. Me trituró el corazón; lo hizo grava. Aplanó mis años. Pero, ¿el poder de mi vida? He vivido de forma pequeña; he hecho cosas pequeñas de las que nadie se enterará. No tiene nada de significativo.

—¿No viste al reyezuelo, cuyo espíritu no es más pequeño que el universo que lo contiene? Ningún impulso de amor es más pequeño que otro. Si nunca hubieras abierto tu corazón a tus seres amados o tocado a un solo paciente con tu música, si no hubieras hecho otra cosa durante tu tiempo en la tierra que mostrarle compasión a ese reyezuelo, aun así, habría sido un triunfo.

La mujer menea la cabeza. ¿Toda una existencia por un ave?

El ser superior menea la cabeza también. No. Toda una existencia por una bondad.

—Década tras década de lucha, de supervivencia, de comer y dormir y sangrar y necesitar, de fuego y hielo y dolor… Todo ese dolor, toda esa VIDA no puede valer la pena sólo por ese momento —dice la mujer.

—No vale la pena por ese momento. *Es* ese momento.

—¿Y esos días en los que estar viva es una carga demasiado pesada? Ya no digamos ser bondadosa —vacila. Pero, ¿con quién puede admitirlo si no es consigo misma? ¿O es ella, de hecho, con quien más difícil es reconocerlo?—. ¿Y en esos días en que tu alma se siente más que muerta y deseas lo mismo para tu cuerpo?

—Hay millones de puertas en tu planeta. Ábrele una puerta a alguien. No es necesario componer una canción que resuelva todo el sufrimiento. Una nota es suficiente.

La bondad es el poder máximo, pues todo lo bondadoso es poderoso. Es el máximo medio de expresión, una vida tocada a todo volumen. Podrá parecer sólo una nota de adorno, prescindible, efímera —un reyezuelo que aletea, una mano sobre una puerta—, y aunque parezca trivial en tamaño, incluso si desaparece de inmediato de la melodía y la memoria, es el *crescendo* de la canción y del alma.

—Da un paso atrás —se dice la mujer a sí misma. ¿O es el ser superior quien lo dijo? ¿Qué diferencia hay ya?

No hay reyezuelo. No hay puerta. No hay nota. Sólo queda el alivio al sufrimiento de otra criatura viva. Sólo queda añadirle amor a un mundo que antes tenía menos. Qué base tan bella para una persona. Qué éxito más rotundo en la vida.

¡Y qué poder!

***

—Un *crescendo* es un incremento de volumen —dice el ser superior.

En la nieve, otra escena, otra dimensión. Gente parada en una acera concurrida, esperando a cruzar la calle, enfriándose mientras una nube vacía sus contenidos sobre sus hombros. Una de esas personas se cubre la cabeza con una sombrilla. Un hombre de negocios llama a un taxi y entra en él. Detrás suyo hay dos niños pequeños y su abuelo, quien consulta su reloj una y otra vez. Un auto intenta incorporarse al tráfico. "¿Me dejaría pasar?". El taxista toca el claxon para contestarle que no. Un envoltorio de dulce brinca por el piso, perseguido por el viento. Alguien dejó un carrito de compras afuera. Una madre intenta llevar la carriola de su bebé a la esquina, llevándola despacio de la acera al pavimento. Un mendigo se sienta y la mira mientras agita su taza con monedas. Una paloma aterriza a un costado suyo; examina la taza en busca de alguna migaja. Una niña pequeña mordisquea su salchicha y se ríe de la graciosa forma en que la paloma mueve la cabeza.

—¿Qué oyes? —pregunta el ser superior.

—No mucho —dice la mujer.

—Sube el volumen entonces.

La acera, la gente, el viento, la lluvia. La mujer con la sombrilla la alza sobre su cabeza para cubrir a los demás. El hombre de negocios llama a un taxi y ve al abuelo detrás suyo mirando su reloj. Debe estar apresurado. El hombre de negocios le indica a la familia que tome su lugar. Un auto quiere meterse por delante del taxi. El taxista agita la mano. "Adelante". La conductora del otro auto también agita la mano en señal de gratitud. Alguien levanta el envoltorio y lo tira a la basura, alguien devuelve el carrito a la tienda. La madre pone la carriola en la acera. El mendigo se apresura y alza el otro extremo de la carriola para asentarla sobre la calle. La mujer con la sombrilla ve esto y sonríe. Coloca un billete en la taza del mendigo. No es mucho, pero es algo. "Dios la bendiga", dice él. Ella lo mira a los ojos y ahora hay dos benditos donde antes no había ninguno. La paloma desciende al costado del hombre y no encuentra nada para comer en su taza. La niña pequeña ríe, toma un pedazo de su pan y se lo lanza al ave.

—Más alto —dice el ser superior.

Gente, lluvia. La mujer con la sombrilla la alza sobre su cabeza para proteger a los demás, para dejarles saber que los ama. El hombre de negocios llama a un taxi y ve al abuelo detrás suyo mirando su reloj. "Te amo", dice mientras le hace una señal a la familia para que tomen su lugar. Un auto intenta meterse por delante del taxi. El taxista le agita la mano a la otra conductora, amor en otro idioma. Alguien coloca el envoltorio en la basura porque la tierra es amada; alguien lleva el carrito a la tienda porque el tendero es amado. La madre empuja la carriola. El mendigo levanta las ruedas. Juntos colocan la carriola en la calle y el mendigo le dice "Te amo a ti y a tu hija". La mujer con la sombrilla ve esto y sonríe. Se acerca y coloca un billete en la taza. No es mucho, pero es amor. Él le dice que la ama, y mirarlo a los ojos es decirle lo mismo. La paloma desciende junto a él buscando un poco de amor. La niña pequeña toma un pedazo de pan y se lo lanza al ave, y su risa, como toda la risa, es amor. Puede ser el momento más importante de su vida entera. O podría ser sólo el comienzo.

La mujer no necesita dar otro paso atrás ni subir más el volumen. Alcanza a escucharlo con claridad ahora: la música detrás del movimiento, la armonía detrás de la discordia. La canción que resuelve todo el sufrimiento, que no es una simple canción. Es una sinfonía. Mientras tropezaba por su bosque de pena y hielo, se había tapado los oídos, había deseado morir, se había hecho morir. Pero la música no había dejado de sonar. Ella había dejado de escucharla.

—Un *crescendo* es un incremento de amor —se da cuenta.

El ser superior asiente.

—¿Qué mejor manera de crecer?

LECCIÓN 14

Composición

TODO ESTE TIEMPO, LA MUJER SE HA ENFOCADO EN CÓMO termina la música. Es la pregunta equivocada: la música no termina. La pregunta es: ¿cómo comienza?

—Comenzó mucho antes que este cuerpo —dice el ser superior—. Y entonces, para escucharla, debes ir más allá del cuerpo.

—¿Morir?

—Ésa es una forma de dejar atrás el cuerpo, pero no es la única.

***

La mujer se recuesta de espaldas; anida en la nieve. Recupera el aliento, abre la caja torácica y la libera. Concentra su atención en cada miembro, cada órgano que le pertenece. Uno por uno, los deja ir. Su cuerpo se borra a sí mismo. Ella pierde sus contornos. Una fuerza la empuja contra la tierra. Desde el lugar más profundo de sí, llega un recuerdo, un conocimiento: "Así se sentía ser un loto". Y con las raíces de su ser exterior bien firmes en su lugar, su ser interior es libre de elevarse como un zarcillo hacia el sol.

Una vez que está en los aires, se mira a sí misma en el suelo, así como hizo cuando murió. Esta vez encuentra evidencias de vida: párpados que se mueven, un escalofrío que recorre la espina. Esta vez, la yegua no está intranquila con su ausencia. Duerme junto a ella en la nieve, su pecho se alza y cae al ritmo de sus sueños.

O eso es lo que ella piensa. Oye un relincho callado, levanta la mirada, y encuentra a la yegua desparramada por la estratósfera. Había mirado, hipnotizada, cómo la mujer se transformaba en loto, había medido sus inhalaciones con las propias y, una vez que su espíritu salió de su cuerpo, el de la yegua hizo lo propio. La lealtad y la constancia no pueden ser contenidas por la carne; son asuntos del alma.

Ambas fluyen junto y a través de la otra. Para la yegua, quien gira y da vueltas, la libertad y el movimiento ya no son gemelos, sino que son la misma cosa. Ya no hay barreras de piel ni de especie. La mujer puede montar a la yegua, estar dentro de ella, y la yegua puede hacer lo mismo con la mujer. Se sumergen la una en la otra, prueban lo que es ser caballo, prueban lo que es ser humano. Reposan en las nubes. Navegan sobre las nubes. Un halcón atraviesa a la yegua y deja un hueco con forma de ala a su paso. Por fin, la yegua puede volar.

El sol las baña a ambas en oro. La luz se filtra a través de ellas, y ellas la refractan hacia el mundo que han dejado atrás y lo encienden. Esto también sucede cuando están en sus cuerpos, pero entonces la luz es más difícil de ver. Los cuerpos son densos y opacos. Protegen, pero ocultan, salvo por los ojos: ahí es donde la luz se escapa. El verdadero propósito de los ojos no es mirar hacia afuera de uno. Su propósito es mirar al interior de alguien más.

El sol no muere; nada lo hace. No desaparece, y desde donde la mujer está ahora, puede ver que ni siquiera se pone. Ésa es sólo perspectiva que se tiene cuando se está en el suelo.

La noche se acerca, y ella y la yegua cabalgan para encontrarla. La yegua es un cometa que se dispara por los cielos, dibuja anillos alrededor de los planetas con la cola fluyendo detrás de sí. Los horizontes no son un obstáculo; los libra con facilidad. La mujer saborea la sensación de velocidad, de eternidad. Tras décadas de gatear, el vuelo es toda una salvación. Nada puede detenerla, no más.

Y entonces, de repente, algo la detiene: la imagen de su esposo que observa, que espera.

**

La mujer no puede creer lo que ve. ¿Se habrán atorado pedazos de nubes en sus ojos?

—Debo estar dormida —dice; transforma sus dudas en sueños, como aprendió a hacerlo hace tiempo.

La yegua no tiene incertidumbre. Corre hacia el esposo y, en su emoción, corre dentro de él. El hombre se llena de yegua. La vuelta a casa está llena de dicha. El cielo brilla con su abrazo cósmico, con la constelación del centauro.

Su esposo está frente a ella, resplandeciente, incandescente. Ella no puede mirarlo por el brillo, pero no puede apartar la mirada. ¿Cómo pudo haber pensado que una casa llena de llamas podía destruirlo? Es como pensar que una luciérnaga podría extinguir el sol.

Él fulgura, lleno de anhelo. Una y otra vez, él ha atravesado las dimensiones para estar junto a ella, ha cruzado el umbral para responder a sus llamados. Por fin, ella ha venido a ver el lugar donde él vive.

La yegua sale de él con gracia para que la mujer tome su lugar, pero la sorpresa la ha anclado y no puede moverse. Durante demasiado tiempo, la suya fue más un esbozo de presencia que una presencia verdadera. Él era un hombre que vivía dentro de su memoria, un espectro que vagaba por su mente dormida, el rastro más tenue de cilantro y clavo. Como un ventrílocuo, lanzaba su voz y le hablaba a la mujer a través de animales, de tormentas. Como un mago, desaparecía entre la brisa cada vez que las cortinas se abrían. Cada encuentro parecía una prestidigitación. Lo que ella estaba presenciando ahora, sin embargo, no era una ilusión. Era mucho más real y estaba mucho más vivo de lo que ella jamás había visto.

—Estás aquí —dice ella.

Es tanto una pregunta como una respuesta.

Él ríe.

—¿Dónde más podría estar?

Sus rayos de calidez la rodean; ella siente que podría incendiarse.

—Todo este tiempo, ¿lo único que tenía que hacer para encontrarte era inhalar y exhalar como un loto, y lanzarme entre las estrellas? —dice ella.

—¿Encontrarme? —dice él—. ¿Estaba perdido?

Luego de tantos años en el frío, el calor de su esposo es casi excesivo. Reenciende cada amargo invierno, le recuerda a una vida congelada en el hielo.

—Junto con todo lo demás. Debes haber oído mis canciones de pérdida. Y no fueron sólo mías —le dice—. Mira cuánto te fue quitado.

—Lloras porque fui silenciado, porque nunca me convertí en padre. No tengo palabras para describirte lo mucho que soy padre ahora. ¿Piensas que es un cuerpo el que me hace un padre y un esposo, que el amor viene de la carne y el hueso, y no lo contrario?

—Pero, ¿por qué habrías de dejar un mundo en el que puedes tenerme en tus brazos?

Él es la luna llena que la baña y se envuelve a su alrededor mientras ella duerme. Es la neblina que la recibe cada mañana y se postra sobre sus hombros. Es el vapor de verano, inseparable de la piel de la mujer.

—Pajarita mía —le dice—, nunca te he soltado.

Ella se derrite mientras él la rodea. Sus recuerdos comienzan a descongelarse.

—No cantes de pérdidas. Es demasiado triste. Cántame, en cambio, una canción de amor —dice él; cuando ella toca sus palabras, se da cuenta de que están hechas de luz.

Ha pasado tiempo desde que ella cantó en esa octava. Una hebra de pena se desenrolla desde su voz y se vuelve a enrollar alrededor de su esposo.

—No recuerdo cómo va.

—Yo sí —dice él, y entrelazados el uno con el otro, iluminados el uno por el otro, se dirigen a la tierra, a través de años luz y vidas, para escuchar las primeras notas de su canción.

***

En el comienzo, no hay él y no hay ella. No hay vida. No hay nada. La nada está solitaria sin nada a su alrededor. Canta canciones silenciosas por la nada. El sonido es ensordecedor. La canción crece tanto y con tanta queja, que algo termina por notarla, pues no es suficiente que el sufrimiento tenga voz. También debe ser escuchado.

Algo resuena. Ese algo se estira por el vacío, busca a su madre en la oscuridad sin saber que la oscuridad es su madre. Un cordón se tiende entre ellas.

La nada, recién preñada, se expande. La niña que lleva dentro hace un sonido más profundo que el olvido, más lento que la quietud. En el abismo del vientre, el incendio del parto comienza. El fuego es el hogar, la fuente de la vida, no su fin.

La nada grita al contraerse y desgarrarse. El acto es insoportable, aniquilador, de violencia tanto como es de creación. Todas las madres tienen oscuridad; de otra forma, no podrían dar a luz. Y es de este dolor que el todo nace. Es tanto algo como todo, un hijo único y todos los hijos, un alma y el alma.

El alma recién nacida abre los ojos, dichosa de encontrarse encarnada. Su sangre se convertirá en ríos, sus extremidades, en secuoyas. Su boca se convertirá en bestia; su corazón, en humano. Sus ojos serán espuma de mar; sus cejas, la cresta de las olas. Al subir y bajar su pecho, también lo harán los imperios. Una inhalación creará a la mujer; la exhalación, al hombre. Son lo que son todos los amantes: piezas de un mismo suspiro. Son ellos mismos y a la vez son el otro, y a la vez son algo mayor a cualquiera de los dos, así como una inhalación y una exhalación no pueden ser consideradas otra cosa, sino parte de una misma respiración y parte de quien respira. No hay distinción entre ellos; no hay "ellos". Sólo está el alma. Pero eso es el todo.

El alma tiene que crecer primero antes de estar lista para ser persona. Aún está por descifrar quién y qué es, como cualquier infante. Necesita un lienzo en el cual dibujarse, arcilla con la cual moldearse, espejos líquidos en los cuales examinar su rostro. Y así, pues, se derrite en lodo, se endurece en roca, hunde los dedos de los pies en la tierra y siente lo que es ser tierra. Es por eso que, cuando se unen tras milenios, los amantes sienten tal conexión. Reviven el tiempo en que no eran hemisferios distantes, recuerdan cómo embonaron a la perfección alguna vez, recrean la Pangea personal en el arco de un pie en torno a una rodilla, una cabeza sobre un hombro, los dedos entrelazados. Es por eso que, cuando los dedos se separan y las piernas se desenredan, el espacio entre ellos puede llenarse con océanos, puede convertir a los amantes en islas. Es por eso que la separación puede ser sísmica.

El alma pasa épocas explorando el terreno, progresando despacio, de forma sedimentaria. No tiene apuro; las montañas aprenden tanto como los hombres. Pero no todas las rocas disfrutan estar quietas. El lado fogoso del alma se lanza a los cielos como un meteoro, pierde el equilibrio y se escurre de entre el espacio. Los relámpagos arremeten con fuerza. Le dan la chispa de la vida al terreno. La tierra hierve. Es un caldero primitivo, de aquellos que sólo se ven en los cuentos de hadas y las fiebres humanas. Hierve hasta convertirse en un espeso caldo de moléculas que algún día construirá las pirámides.

La tierra se diferencia. Se esculpe en continente y luego en países. Se divide en piezas y, al mismo tiempo, se hace más numerosa: pasa del uno a los múltiples.

Las moléculas se diferencian. Un protozoo emerge, tiene una somnolienta necesidad de movimiento y se impulsa hacia el frente con un repentino espasmo de evolución. El nitrógeno y el fósforo desarrollan un enlace. El hierro sangra. El calcio coagula. El oxígeno es una bocanada de aire fresco.

El organismo se diferencia. Se desata la mitosis sin inhibiciones. Las células madre se transforman en hígado, cuerno, bigote. El alma se enrolla en un caracol, se desenrolla en un helecho. Se establece un reino y los dinosaurios llevan la corona, pero son tiranos que usan demasiados dientes. La Madre Naturaleza —la Madre Nada— ve las travesuras de su hija, toma a los dinosaurios por el cogote y los deposita en cuerpos de aves. ¿Es un castigo? ¿Es la muerte? No. Esos pesados seres ahora vuelan. Los rostros y las extremidades se reacomodan como rompecabezas, los huevos se rompen por dentro, las abejas aprenden a bailar. La tigresa da a luz a su tigrillo, y su familia después se aleja. Los humanos miran a los ojos de los simios y los llaman animales.

El sonido se diferencia. Las patas devienen brazos, las rodillas y los nudillos se enderezan y se alejan del suelo, y en esos primeros pasos nace el ritmo. El sexo es canción, una entrecortada e hipnotizante línea de bajo producida por el latir de un corazón y las respiraciones y los cuerpos que rozan con el pasto. Un cazador acecha a un ave escondida entre las ramas y, para hacerla salir, imita su canción de apareamiento. El cazador encuentra más que una comida; encuentra melodía. Su hermana, al golpear semillas para transformarlas en pastel, encuentra los tambores. El ave es devorada; sus huesos, desechados. Una niña hambrienta los toma. Sus labios buscan carne en el hueso; su ansioso aliento llena sus huecos. De pronto, su hambre tiene un sonido, un sonido filoso que le exige a todos a su alrededor que lo escuchen. Su flauta se diferencia también. Aprende a cantar no sólo del hambre del cuerpo, también de la mente, de la aflicción y el miedo y otras cosas que vacían el vientre.

El lenguaje se diferencia. Inventa el tiempo y lo divide en conjugaciones. Separa al mundo en singular y plural, como si fuesen antónimos. Circula un alma, la examina desde cada ángulo en una búsqueda interminable por descubrir su nombre. Las aventuradas conjeturas se apilan unas sobre otras, crean un tesauro. "Hexágono". "Estrella de mar". "Bermellón". "Dios".

El alma se diferencia, ahora más que nunca. Quiere conocer y ser todas las cosas, porque eso es conocer y ser ella misma. Al dividir, multiplica: millones de cuerpos que albergan un alma. Colorea en el contorno de tigre y se filtra entre las rayas. Viaja por las notas desnudas de la flauta de hueso y se menea adentro y afuera detrás de los movimientos de un *concerto*. Permanece roca porque deriva placer de la permanencia, y se deviene en humano porque no. Es la mujer y su esposa, y se convierte en la mujer y su esposo.

La mujer se diferencia. También lo hace su corazón. Ella puede verlo ahora afuera de sí, frente a sí, tan gigantesco, tan airoso y tan incomprensiblemente vasto que parece no pertenecerle a ella, sino a una enorme ballena. Sin duda, el suyo debe ser más pequeño, más ajustado, más rojo, más mezquino. Le asombra su tamaño. Todo este tiempo vivió en una mansión y jamás salió del sótano.

Pero hay demasiado como para enfocarse en eso, en la diferenciación. Como si existiera distinción alguna entre piedra y célula y canción, entre hombre y molécula. Como si no hubiera una sola alma en un solo instante, viviendo una sola vida de maneras incontables. Como si el punto de la evolución fuera dividirse entre los muchos, en vez de encontrar el camino de vuelta al uno. Como si la unión no fuera tanto el origen como el destino, el primer acto y el final, la razón de la división y su resultado.

Como si la secuoya no fuera la mujer que vive una vida de árbol; y la espuma, la vida del mar. Como si una neblina de lluvia no fuera su alma suspendida en el agua; y un amanecer, su alma extendiéndose por el cielo. Como si un fragmento nebuloso de ella no se hubiera derretido en la Vía Láctea; como si, al mirar a las estrellas en la noche, no viera su reflejo. Como si la yegua fuera un individuo y no la parte de la mujer que se manifestó por un momento como yegua. Como si el anciano junto al lago y el lago mismo y todos los seres inmersos en él, cada paciente para el que tocó, cada flor y cada reyezuelo, no fueran todos ella y ella no fuera todos ellos. Como si ella fuera sólo ella misma y no su hija y no su esposo. Como si la separación fuera más que una sensación.

"Toca a uno y los tocarás a todos".

Se había equivocado con respecto a las canciones de pérdida. No existe tal cosa. No es posible perder a alguien cuando ese alguien es parte de ti. Y no es posible perderse a uno mismo cuando se está en todas partes. Cuando el azulejo de los ojos cristalinos y el azulejo que vuela por los campos y el gato que tiene a ambos en sus dientes, todos son el otro, cuando son la misma alma al mismo tiempo, ¿qué significa eso entonces? Aún más, ¿qué significa la vida? La vida como ella la conoce le sucede tan sólo a la parte más pequeña de su ser.

***

Aun así, hay placer en dividirse, pues eso da paso al placer de unirse. Moverse del uno al más es una gran aventura. Cuando se es uno, no puedes encontrarte. No hay necesidad; ya estás ahí. Vives en la única habitación de tu hogar. Volverse el más es gatear bajo los matorrales de la vida y los océanos de la muerte en busca de quien eres. Es descubrir en todos a quienes conoces, las caras nunca antes vistas de tu alma, los espacios desconocidos de tu corazón.

La reunión es la única dicha más dulce que la unión. Y así, la mujer y el esposo se esconden en diferentes cuerpos y se buscan a través de los parajes del tiempo. Se encuentran en los desiertos y como los desiertos. Se aman como musgo, como fango, como incendios. Se aman como el diente de león y el viento que lo hace bailar. Ser humano no es el fin. Evolucionarán más allá de ello, en cualquier forma que ello tome. O tal vez no tendrán forma alguna. Ella será un pensamiento; y él, un sentimiento. Ella será una nota musical; él, otra; y su hija, una tercera; y se unirán alrededor de los demás para crear un acorde, la base de la armonía.

Ahora ella se da vuelta hacia él. Él la busca. Él busca alcanzarla. Él se mueve al interior de ella. Ya no queda nada que lo separe de ella; el fuego ha quemado todas sus fronteras. Él puede estar dentro de ella y jamás irse, estar fuera de ella y a su alrededor, todo al mismo tiempo. ¿Y ella le ha llamado "pérdida"?

Acarician las cicatrices el uno del otro: donde el fuego firmó su piel, donde el roble la desgarró. ¿Cómo se tocan sin un cuerpo? Usan todos los cuerpos que han vestido.

Él es la polilla de las moras; ella, la vela. Él envuelve sus alas alrededor de ella. Alejarse de ella para ser polilla, acercarse para convertirse en luz. Acercarse a ella, retirarse de ella, sumergirse en ella. Ir a la luz, salir de la luz, ir a la luz, alejarse de ella. Aleteo, parpadeo. Él se aferra a su luz, ella se aferra a sus alas. Ella lo enciende. La polilla ahora es luz.

Ella es la cortina; él, la brisa que la empuja y la jala. Él es un mar de aire, una ola de viento con la que ella navega. Él la empuja, la llama a acercarse. La incita, la alza, sopla a través de ella. Afuera y adentro, adentro y afuera. Ella flota, sin peso, con el ritmo de su marea.

Él es el colibrí, lleva el pico a la madreselva. Se acerca, la bebe, la consume. Vuela lejos, vuela cerca, ebrio de ella. Su vida entera es la flor.

Ella es el río, él las piedras del lecho por el que fluye, y cada corriente es un beso.

Él es el rayo que parte el cielo; ella, el trueno que ruge tras su fuego. La chispa de él, el grito de ella.

La luna nada en sombra, hambrienta de calor. El sol detrás suyo la envuelve, la incendia. La luna se disuelve en el sol, en un brillo que ciega a quien se atreva a mirar.

El arco que presiona el violín acaricia su cuello hasta que estalla en canción.

La luciérnaga de vitral venera al loto en su altar, extática en oración.

El tembloroso álamo que se sacude al más mínimo contacto.

El glaciar que avanza, recula, toca el hielo, lo derrite.

El entramado, sin poder alguno para no enredarse en el alabeo.

El esposo y la mujer suspiran y se desean para existir y dejar de existir.

El alma que se arma, se deshace. Se refleja, se resucita. Electrifica el cuerpo, sobrepasa el cuerpo. Diferencia y combina. Parte y se aferra. Divide y multiplica. Separa y une.

Separa

Y une.

Una y otra vez.

Sin tiempo.

Sin fin.

Ése es el todo.

LECCIÓN 15

Coda

UN CUERPO PUEDE CONTENER SÓLO UNA CANTIDAD DETER-
minada de días, y al de la mujer no le quedan muchos más,
así que cuando su esposo le dice "Quédate conmigo", ella
siente la tentación de renunciar a los sobrantes. A los ancianos se les suele otorgar este privilegio, deslizarse de una
vida y dormir de forma tan cómoda que el regreso deja de
ser necesario y deseable. ¿Por qué habría de elegir volver a
partirse en pedazos, someterse a la separación, cuando la
unión es lo único que ha buscado?

—Quédate conmigo —dice él—. ¿No es eso lo que quieres?

Es justo lo que ella quiere. Pero no puede dejar su canción en los cielos, sin escribir y sin ser escuchada. La última
lección musical no es una que deba recibir, sino una que
debe impartir. Debe enseñarle al alma lo que es ser mujer,
lo que es ser ella. Debe decirle todo lo que ha aprendido
para que el alma pueda conocerse a sí misma. Y sólo hay un
idioma en el que tiene la elocuencia suficiente para describir
dichas cosas.

Su decisión la sorprende incluso mientras la enuncia en
voz alta.

—Tengo que volver.

Y así, una vez más, por millonésima vez, se separan. Ella tiembla, y el espíritu de él se le escurre entre las manos; el vacío toma su lugar. Sin embargo, no hay por qué llorar. Una y otra vez, en una cama que brillaba bajo la luz de la luna, él hizo lo mismo con el cuerpo de ella y, sin embargo, ella nunca consideró que esa separación fuera permanente.

La mujer llama a la yegua.

—¿Lista para un último viaje?

La yegua sabe que ya no es necesaria, que ha dado toda la música que contenía. La métrica del galope de las pezuñas a lo largo de las estaciones. El *vibrato* de su relincho, el *staccato* del movimiento de su cola, el *ostinato* de su fidelidad. Sus huesos son casi tan viejos como los de la mujer, y ella también puede elegir renunciar a ellos o reavivarlos. No necesita pedirle permiso, pero lo hace, pues nadie nunca lo ha hecho.

—Vete —le dice la mujer, y no hay pena, no cuando están tan arriba. Con sus palabras, la yegua estalla en un halo de luz que algunos llaman muerte. Frente a sus ojos, se convierte en un potrillo de nuevo. Ha estado a su lado todo el trayecto. Ahora, el suyo está por comenzar—. Adiós, amiga —murmura la mujer, a pesar de que la yegua ya se ha ido y galopa salvaje por la noche.

***

El cuerpo de la mujer yace donde lo dejó. Unas cuantas respiraciones de loto la llevan a su interior de nuevo. Tarda un momento reasentarse en el mundo, como puede suceder cuando una vuelve de entre las nubes. Sus ojos y sus manos buscan en los alrededores. Ahí está su arpa. Ahí está su libro. Ahí está su yegua, fría y rígida. Mira alrededor de la yegua, a las ramas desnudas que se sacuden con risa en el viento, a la luna que se dispara por el cielo y arroja sombras plateadas al hielo. No. *Ahí* está su yegua.

Cubre su cuerpo con nieve, con un beso.

Entra a la cabaña, se sienta en el escritorio y coloca *Lecciones musicales* frente a sí. Ésta es su historia; ésta es su partitura. Podría reescribirla, arrancar las páginas, insistir con valses y no réquiems, y ni su vida ni su notación sabrían jamás de tristeza. Tocar la música en clave mayor o menor: esa elección es del compositor, no de la composición.

Se dirige a las páginas en blanco y comienza a llenarlas de sonido.

Dibuja el pentagrama a mano, ese telar en que hila sus notas y teje su tonada.

La clave es una nube de humo.

¿Puede existir la música sin tiempo? ¿Por qué no? La vida lo hace. En vez de métrica, coloca sólo un punto.

¿Es la vida un estudio, un ejercicio, un lugar para afinar las habilidades? ¿Es improvisación u *opus*? Ella escribe: "Para tocarse con gravedad, con seriedad". Pero algo que está hecho para tocarse no puede ser tan serio. Lo corrige: "Para tocarse *fortissimo*, muy fuerte, con todo el poder de una mariposa". Eso tampoco está del todo bien. Tacha ambas instrucciones y decide: "*Ad libitum*, a consideración del intérprete".

Cuatro notas son todo lo que se necesita para componer al humano, al halcón, la obra maestra. Ésta será su escala también.

Los pasajes suben al firmamento y caen en picada en cavernas oscuras. Los acordes son inversiones, pues todo es una inversión. Una niña que muere adentro en vez de vivir afuera. Un hombre que se convierte en polvo. La pérdida se convierte en aprendizaje.

Interpreta los pasajes de nuevo. De nuevo. De nuevo. Convirtió su dolor en un leitmotiv. Esto no es música; es locura. Hace una breve pausa y escribe. Luego, deja de tocarlos.

Su vida estuvo repleta de accidentes y siempre se desvió de lo esperado. Todo parecía ser un error. Ahora que está lúcida, nada podría estar más alejado del error. Agrega lo accidental a su pieza. La aflicción aplana el espíritu. El dolor afila el corazón. Los transforma en cosas naturales. Las notas decaen, como los cuerpos. Ella lo permite; sabe que nacerán de nuevo en el siguiente compás.

Canta la letra en voz alta. Azulejo, azulejo. ¿Por qué eres tan azul? Porque comió una mora azul. "Y olvidó probar su dulzura", se reprende la mujer. "¿No sabes, azulejo, para qué es la mora?"

Transcribe a la pequeña ave en un cisne que se queda mudo hasta el momento de su muerte, cuando por fin estalla con toda la belleza que no pudo enunciar en vida. Su canción no es un lamento; es un aleluya.

Para la yegua compone movimiento tras movimiento.

Le había pedido al rey y a la reina que revivieran a su esposo y, sin embargo, es ella quien lo trae de vuelta.

Reaparece en cada pieza que compone. Cobra vida con cada frase. El fuego no le robó el aliento, pues él le da a ella aliento de vida e inspira cada nota. Ella no se había dado cuenta de que, desde el principio, eran ellos quienes podían volverse inmortales y que la muerte es tan impotente frente al arte como lo es frente al amor.

Comprime sus años en compases, arregla sus recuerdos en armonías. La *fermata* de estar perdida en el bosque. Las débiles notas fantasmas, sentidas más que escuchadas. El *tempo rubato* de las aguas del tiempo. Un acto de compasión encasillado en un signo de repetición. "Sostén esta nota. Sostenla por siempre". Los ritmos barítonos de su anciano y enorme corazón; la serpentina cadencia del veneno que entra en sus ventrículos. La furiosa dirección de la criatura como hormiga, sin la cual la música se habría terminado demasiado pronto o jamás habría comenzado. El *glissando* del desliz por el cordón entre la madre y las estrellas. La melodía del gorrión, quien le mostró a la guerrera que llevaba adentro y le enseñó a convertir el sufrimiento en canción. El arpegio ascendente del amor, que se eleva y se eleva y se eleva y… ¡ay! Ha salido volando de los márgenes. El trino entre el ángel y el humano, el humano y el ángel.

Al final, la conclusión. El resto. *El fin.*

¡Como si tal cosa fuera posible! "*Da capo al coda*", escribe. "Tocar desde el comienzo".

Alguna vez fue anónima. Ahora ha aprendido quién es y, en la última página del libro, firma sus nombres con una floritura:

Aria
El roble
El ser superior
El todo.

Toma el arpa. La luz blanca se forma desde sus manos. Se extiende por los pentagramas y enciende la canción con fuego. Las cuerdas, al tocarlas, se vuelven sedosas y se aflojan. Una por una, se alejan de la caja de resonancia; las polillas rodean un sauce que ya no llora. Pero ella continúa tocando. No necesita el instrumento. Ella es el instrumento.

La luz se expande en su interior, se apretuja contra ella, es demasiado brillante como para que su cuerpo la contenga más. Con suavidad, con amor, rompe su cascarón y la libera. Movimiento. Libertad. Se dirige a los cielos. Ya no hay diferencia alguna entre el sonido y el silencio, la música y la polilla y el hombre. Éstas son sólo piezas suyas mientras se abre paso hacia casa.

El cálido mar del cielo nocturno las envuelve todas.

Las estrecha en sus brazos.

—Bienvenida a casa —susurra.

LECCIÓN 16

Ripresa

—Aquí estás, pajarita mía.

La mujer abre los ojos.

Está recostada junto al lago del tiempo, calentándose en su ribera, secando las décadas de sus alas.

—Y aquí estás tú —dice ella.

Ya no es una pregunta. Es tan claro como el agua que se extiende frente a ella. ¿Por qué insistió en transformar la realidad en un acertijo tan complejo?

Su esposo sonríe.

—¿Dónde más podría estar?

A la distancia, alcanza a escuchar la voz del anciano que instruye a un alma perdida a que vaya más profundo.

El zambullido del clavadista que atraviesa las profundidades del tiempo.

La risa de su hija que juega en el agua y en los cuerpos.

El estruendo de las pezuñas que galopan por el cielo. La yegua que por fin alcanza el sol.

Los siglos flotan junto a la mujer y su esposo. Los ayeres a la deriva en la brisa. La eternidad da vueltas sobre las orillas donde están sentados y miran a las generaciones ir y venir.

Las palabras de su esposo son una onda que recorre el lago, un eco en su oído:

—¿Qué querrías hacer ahora?

Es lo que él pregunta en sueños. ¿Está soñando?

No. Está despierta.

—Quisiera crecer —dice.

—¿Cómo habremos de amarnos después? —pregunta él—. ¿Como manglares, cañones, compañeros? Seamos hermanos gemelos, o flamas gemelas. O tú podrías ser una ostra y yo la perla que cobijas y haces brillar.

—De todas esas formas —le dice ella, pues no son más que diferentes formas de nombrarse a sí mismos, distintos espejos para el mismo rostro—. Como todo.

—Yo seré un doctor y te traeré al mundo con mi tacto.

—Yo haré lo mismo —dice ella.

—Podríamos vivir entre la guerra.

—Aprenderíamos mucho de esa forma.

—O entre rodas y botones de oro.

—De esa forma también.

En algún lugar del mundo, dos espíritus se entrelazan, la llaman, componen los acordes de su cuerpo y el pulso de su corazón. El sonido la lleva a la orilla del agua.

¿Cómo es ser humana? Es como intentar recordar los detalles de un sueño que tuvo cuando era niña. A la distancia, cuatro notas comienzan a sonar, débiles en un principio, y luego avanzan por el lago como una bruma. Algo antiguo y familiar reverbera dentro de ella, una melodía que la mente ha olvidado, pero los huesos recuerdan.

Su esposo está a su lado, seducido por las variaciones de su propio tema.

El tiempo la llama a acercarse más, la invita adentro.

Alguna vez se preguntó por qué entró por primera vez.

Ésta es su respuesta: por la música, por la hermosa música.

Por la oportunidad de ser, por un breve y conmovedor instante, una canción.

Su hija agita los brazos desde el centro del lago. "Entren. El agua está bien".

Su esposo le tiende los brazos.

—¿Nos sumergimos juntos?

"Él es mi maestro" y "él es mi vecino" y "él es mi hermana" y "él es mi esposo" y "él es mi esposa" y "él es mi hija" y "él es mi yo".

—Siempre lo hacemos —responde ella.

Dan otro paso al frente.

Él da vuelta hacia ella para mirar una vez más su luz.

—Ven a encontrarme —le dice—. Y cántame una canción de amor.

Como si hubiera otra clase de canción. La mujer ríe.

Entonces brinca y se deja ir.

AGRADECIMIENTOS

QUIERO AGRADECER A TODA LA GENTE DE HAY HOUSE POR darme una cálida bienvenida a su familia. Estoy sumamente agradecida con todos los que trabajaron en este libro. Gracias a Sally Mason-Swaab, Stacy Horowitz y Mollie Langer. Patty Gift, eres una maravillosa editora, amiga y profesora. Me has enseñado lo que es ser gentil, paciente y bondadosa; le diste forma a este libro y a mí con él. Reid Tracy, gracias por tu visión y tu confianza, y por arriesgarte con este libro. Mi mundo ha dado un vuelco gracias a tu generosidad.

Massimiliano Ungaro, ojalá todos los escritores pudieran tener un primer lector tan especial como tú, alguien que los lea con el corazón. Gracias por ayudarme a crecer. Gracias a Rachel Sullivan por sus sugerencias reflexivas, a Kimberly Clark Sharp por su sabiduría y a Dave Bricker por su creatividad.

Mi familia y amistades fueron una enorme fuente de apoyo durante el proceso de escritura, sobre todo Jordan Weiss, Darrah Gilderman, Jennifer Williams, Jill Cohen, Lydia Grunstra y Vanessa Benitez.

Schnitzel, estuviste a mi lado durante cada palabra, incansable, y me inculcaste la lealtad y el amor.

Por último, quiero agradecer a mis maravillosos padres, pues sin ellos no habría existido este libro. Su generosidad, respaldo y apoyo han sido tan infinitos como el universo. Siempre les estaré agradecida. Me han dado 40 000 años de amor y mucho más que eso.

GUÍA DE LECTURA

1. El libro comienza con el concepto de almas que planean sus vidas antes del nacimiento, mientras el esposo y la mujer seleccionan ciertas experiencias y personas que serán parte de su vida. ¿Crees que ese tipo de planeación ocurra antes de la encarnación?

2. Piensa en personas importantes en tu vida. ¿Será posible que sus almas se hayan conocido y acordado reencontrarse antes de que su vida en esta tierra comenzara? ¿Qué habrán venido a enseñarte esas personas? ¿Por qué habrás querido que fueran parte de tu vida? ¿Tu respuesta cambia dependiendo de si la persona tiene un impacto positivo o negativo en ti? Si eliges interactuar con estas personas para aprender y crecer, ¿existe tal cosa como un impacto "negativo"?

3. Aunque la mujer planea su vida antes de que empiece, afirma que es posible alterar esos planes. ¿Qué opinas del libre albedrío? ¿Cómo interactúa con el destino? ¿Existen ambos? ¿Es posible que coexistan al mismo tiempo? ¿Es uno más dominante que el otro? De ser así, ¿cuál domina más?

4. Hay una conexión profunda entre humanos y animales, tanto silvestres como domesticados. La yegua reconoce de forma intuitiva los sentimientos y pensamientos de la mujer. ¿Crees que los animales y las mascotas de tu vida comparten esa misma capacidad? ¿Qué habrán pensado de ti? ¿Qué te han enseñado sobre ti que de otro modo nunca habrías sabido? ¿De qué forma es la conciencia animal más limitada que la humana, y de qué forma es más expansiva?

5. ¿Alguna vez has percibido la presencia de alguien que ha muerto? ¿Cómo te hizo sentir? ¿Crees que la gente que murió sigue estando entre nosotros? ¿Qué tan cerca crees que están?

6. El anciano le dice a la mujer que "el mundo gira sobre la bondad". ¿En alguna ocasión alguien tuvo un gesto bondadoso para contigo, sin importar si fue grande o pequeño, que te conmovió profundamente? ¿Cómo transformó tu día, tus pensamientos y tus emociones ese acto de bondad?

7. ¿Qué opinas de la noción de los universos paralelos? ¿Existen? ¿Podemos entrar en contacto con ellos? ¿Cómo sería tu vida en un universo paralelo?

8. En tu opinión, ¿qué ocurre después de que morimos?

9. ¿Crees que creamos nuestra propia realidad? ¿Hasta qué grado nuestros pensamientos, creencias, deseos y emociones configuran la realidad? ¿En qué medida la realidad externa es un reflejo de tu realidad interna? ¿En qué circunstancias cambiar una modifica la otra?

10. La mujer aprende que el momento más importante de su vida fue un episodio de bondad que ni siquiera recordaba. ¿Y si la vida se mide en bondades y no en riquezas, títulos y logros? ¿En qué medida eso cambiaría tu definición de una vida exitosa? ¿Consideras que has tenido éxito en este sentido? ¿Qué podrías hacer para tener más éxito?

11. Piensa en una ocasión en la que mostraste amor incondicional por una persona, animal o planta, aunque sólo haya sido de forma momentánea. Imagina cómo se habrá sentido el otro ser al recibir tu amor. ¿De qué forma le habrá ayudado al alma de esa persona, animal o planta? ¿De qué forma le ayudó a la tuya?

12. Si tu vida fuera una canción, ¿qué tipo de canción sería (pop, blues, sinfonía clásica, etc.)? ¿Cómo sonaría? ¿Podrías cambiar el género musical si lo desearas? ¿Qué le cambiarías? ¿Qué diría la letra? ¿Quién compone tu canción?

ÍNDICE

"*In crescendo* es un libro muy especial. Está escrito con el lenguaje poético y mágico de un cuento de hadas para adultos y contiene todos los elementos que cautivan el corazón de cualquiera: una historia de amor que trasciende la vida, la conexión profunda entre animales humanos, reencarnación y la auténtica naturaleza del alma, y el valor eterno de la bondad. Recomiendo que te des el regalo de este libro tan maravilloso".

—Cheryl Richardson, autora de los éxitos de ventas
Take Time for Your Life y *The Unmistakable Touch of Grace*

"*In crescendo* es un relato lírico de viajes, un mito, un mapa, una parábola… todo esto y más. Amy Weiss tiene la voz de una poeta, la aptitud dramática de una cuentacuentos y el corazón de una mística. Este pequeño libro irradia luz desde el interior con su inteligencia, espíritu, esperanza y misterio. Weiss conjura un hechizo que me atrapó con su tejido luminoso desde la primera hasta la última palabra. Siento que algo en mí se expandió tras haber realizado el viaje de *In crescendo*".

—Elizabeth Lesser, cofundadora del Omega Institute y autora
del éxito de ventas *Broken Open and Marrow: A Love Story*

"*In crescendo*, la novela de Amy Weiss, responde muchas de las preguntas que nos hacemos en la vida real sobre el amor eterno, la vida y la vida después de la muerte, y el viaje que emprende nuestra alma en este relato de *érase una vez*. Una lectura obligada".

—Char Margolis, psíquica, médium intuitiva y autora de *Questions from Earth, Answers from Heaven*

"*In Crescendo* —una novela profunda, cautivadora y poética— te invitará a revisar tu vida con nuevos ojos y a encontrarle nueva belleza y significado. Weiss profundiza en las preguntas fundamentales que son inherentes a todo viaje: ¿Por qué estamos aquí? ¿Cuál es el significado de la vida? ¿Es posible perder para siempre aquello que más amamos? ¿Cómo estamos interconectados? Al leerla, descubrirás que las respuestas son un regalo que se quedará en tu corazón mucho después de haber cerrado el libro. Weiss es una poderosa narradora, y cualquiera que haya amado y perdido se sentirá reconfortado y hallará significado en sus páginas. Con un toque de *El alquimista*, *In crescendo* es una historia de autodescubrimiento y vinculación. La historia que escribe Weiss es relevante para cualquiera".

—Laura Lynne Jackson, autora del éxito de ventas *The Light Between Us*

"¡Qué novela tan inusual! *In crescendo* es atrevida y delicada, y toma su forma de la música, las fábulas y los sueños, además de estar cargada de una especie de lirismo espiritual propio. Sigue su ritmo único y cuenta sus verdades desde una perspectiva sorprendentemente amplia. El libro se entreteje con meditaciones sobre la pérdida y el tiempo, el amor y la compasión, y se presenta con una confianza modesta, como si fuera un amigo sabio con una inmensa inteligencia espiritual. Si te rindes a su hechizo radiante, es posible que empieces a concebir de una manera distinta la vida, la muerte y… todo lo demás".

—Sharon Guskin, autora de *The Forgetting Time*

"*IN CRESCENDO* ES UN POTENTE TRIBUTO A LA EVOLUCIÓN del alma, y seguramente ayudará a muchas personas que ansían recuperar su corazón tras la pérdida de un gran amor".

—Danielle MacKinnon, autora de
Soul Contracts and Animal Lessons

"CON LA PRECISIÓN Y ELEGANCIA DE UNA POETA, Amy Weiss nos ofrece un mundo atemporal de amor ilimitado. *In Crescendo* es un exquisito viaje de cuestionamiento sobre la vida, la vida después de la muerte, el nacimiento, la muerte y demás, que impela al alma a rendirse y someterse a la música y el misterio que nos rodean".

—Nancy Levin, autora de *Worthy*

In crescendo de Amy Weiss
se terminó de imprimir en mayo de 2019
en los talleres de
Impresora Tauro, S.A. de C.V.
Av. Año de Juárez 343, col. Granjas San Antonio,
Ciudad de México